LES DERNIERS ET LES PREMIERS

DU MÊME AUTEUR

*L'ACCOMPAGNATRICE**, 1985.
*LE LAQUAIS ET LA PUTAIN**, 1986.
*ASTACHEV A PARIS**, 1988.
*LE ROSEAU RÉVOLTÉ**, 1988.
*LA RÉSURRECTION DE MOZART**, 1989.
*LE MAL NOIR**, 1989.
*DE CAPE ET DE LARMES**, 1990.
A LA MÉMOIRE DE SCHLIEMANN, 1991.
*ROQUENVAL**, 1991.
*CHRONIQUES DE BILLANCOURT**, 1992.
*OÙ IL N'EST PAS QUESTION D'AMOUR**, 1993.
*LA SOUVERAINE**, 1994.
LES DAMES DE SAINT-PÉTERSBOURG, 1995.
ZOÏA ANDRÉEVNA, 1995.
*LE LIVRE DU BONHEUR**, 1996.

TCHAÏKOVSKI, 1987.
HISTOIRE DE LA BARONNE BOUDBERG, 1988.
*C'EST MOI QUI SOULIGNE**, 1989.
BORODINE, 1989.
L'AFFAIRE KRAVTCHENKO, 1990.
LES FRANCS-MAÇONS RUSSES DU XXe SIÈCLE, 1990 (coédition Noir sur Blanc).
ALEXANDRE BLOK ET SON TEMPS, 1991.
NABOKOV ET SA LOLITA, 1996.
"THESAURUS" NINA BERBEROVA (essais), 1998.

Toute l'œuvre de Nina Berberova est publiée chez Actes Sud. Les titres suivis d'un astérisque ont paru dans la collection de poche Babel.

Edition établie sous la direction d'Isabelle Nancy

Titre original :
Poslednie i pervye

ISBN 2-7427-3414-7

NINA BERBEROVA

Les derniers et les premiers

ROMAN TRADUIT DU RUSSE
PAR ALEXANDRA PLETNIOFF-BOUTIN

un endroit où aller
ACTES SUD

AVANT-PROPOS

QUAND, à la fin de sa vie, nous avions entrepris d'établir la liste des livres qu'il restait à traduire et à publier, Nina Berberova avait devant moi fait deux parts : ceux qui devaient l'être de son vivant, et les autres que je publierais après sa mort, si la fantaisie ou le désir m'en venait. Parmi ceux-là figuraient *Le livre du bonheur* qui a été traduit et publié en 1996, et quelques autres. Mais *Les derniers et les premiers*, j'en avais jusqu'ici différé l'édition.

C'est qu'il s'agit là du tout premier roman de Nina Berberova, qui avait paru en russe, sous forme de feuilleton, en 1930, dans les *Annales contemporaines*, et qu'elle me disait ne pas lui accorder une grande valeur littéraire. D'ailleurs, par deux fois, dans ses mémoires *(C'est moi qui souligne)*, elle l'avait évoqué comme une sorte de pastiche, à la manière de Dostoïevski, ajoutant qu'elle n'avait réussi à se libérer de celui-ci qu'en se tournant par la suite "vers un genre plus léger, comme pour le narguer".

Pourtant, quand approcha l'année 2001 où l'on célébrerait son centenaire (Nina Berberova est née le 8 août 1901), la nécessité s'imposa de faire traduire ce premier livre. Il m'apparut alors, dans sa traduction, conforme à ce que m'en avait dit Nina – c'est-à-dire qu'il me sembla, en effet, un peu maniéré, parfois même embarrassé dans sa structure et marqué par des usages liés à la publication en feuilleton. Mais, en même temps, il est tout à fait singulier par l'image qu'il donne d'un talent qui se révèle, cherche sa voie et se met en place. L'histoire de ces émigrés russes qui se sont installés en Provence pour y vivre de l'agriculture n'a pas encore la force des destinées que révéleront *L'accompagnatrice, Le laquais et la putain* ou encore *Astachev à Paris*, et la plupart des personnages sont mis en scène pour des raisons démonstratives. Mais le monde qui peu à peu peuplera la *comédie humaine* de Berberova est déjà présent, on y trouve les mêmes gestes las et les mêmes regards lourds, les mêmes illusions perdues et les mêmes désespoirs insondables. Pour s'en convaincre, il n'est que d'aller vers les deux tiers du livre, à la scène qui se passe dans un restaurant parisien de nuit, où des jeunes femmes russes exilées, Bertha, Natasha, Meritchka, Niousha, entourées par des hommes que l'on verrait bien peints par Soutine, cherchent désespérément à dissimuler leurs peurs et leurs angoisses sous une pathétique coquetterie d'aguicheuses. On est déjà là au niveau de quelques pages inoubliables des romans qui suivront et de quelques-unes des fameuses *Chroniques de Billancourt*.

Lire *Les derniers et les premiers*, c'est donc l'assurance de découvrir page après page – malgré d'indéniables malhabiletés et quelques confusions narratives – les premières manifestations d'un grand talent, et c'est voir se lever les jeunes pousses qui donneront bientôt les fleurs terribles avec lesquelles Nina Berberova, une fois découverte – et c'était il n'y a pas si longtemps, en 1985 –, est, sur le tard, devenue célèbre dans le monde entier.

HUBERT NYSSEN,
mai 2001.

Conformément aux instructions données à l'éditeur par Nina Berberova, qui avait l'habitude de réviser ses livres à l'occasion de leur parution en français pour en faire l'édition de référence, la traduction a été allégée par quelques suppressions.

CHAPITRE PREMIER

LE 20 SEPTEMBRE 1928, entre neuf et dix heures du matin, trois événements se produisent qui marquent le début de ce récit : Alexeï Ivanovitch Shaïbine, l'un de nos nombreux héros, arrive chez les Gorbatov ; Vassia, le fils de ceux-ci, reçoit de Paris une lettre émanant de son ami Adolphe Kellerman – lettre qui contient d'importants renseignements sur son père ; et enfin, un voyageur dépenaillé se présente à la ferme des Gorbatov, située dans une large vallée du Vaucluse. Aveugle, l'homme était accompagné d'un guide.

Personne ne connaissait son nom. Qui était-il ? Par quels chemins était-il venu jusque-là ? Au dernier printemps, il avait été vu dans la région. A cette époque, il n'était pas aveugle. Il se déplaçait seul, une toque de fourrure enfoncée jusqu'aux yeux, foulant de ses pieds le sol poussiéreux et saluant les personnes qu'il lui arrivait de rencontrer. Il avait eu de longues conversations avec Ilya Stepanovitch et même avec Véra Kirilovna. Il chantait, dînait, et restait pour la nuit. Mais le lendemain matin ni Vassia, ni sa sœur Marianne ne le revoyaient. Il était parti à l'aube, bénissant la maison, le jardin, l'étable et le grenier où dormait Ilya. Plus tard, le bruit avait couru qu'il était parti à l'ouest, plus précisément au sud-ouest, au delà de Toulouse, chez les cosaques qui s'étaient établis là-bas.

Maintenant, il était aveugle. La même toque de fourrure recouvrait ses sourcils broussailleux. Une cicatrice bleuâtre barrait son visage, la barbe ne poussait plus guère sur ses joues, et il était visible qu'un jour un médecin militaire avait dû lui recoudre le visage à la hâte, rassemblant n'importe comment les morceaux d'une chair à présent brunie et plus très jeune. Il était grand, d'une maigreur austère. Ses pantalons de type militaire étaient rapiécés en plusieurs endroits avec un tissu rouge – sans doute des vestiges de pantalons, eux aussi militaires, qui avaient appartenu à quelqu'un d'autre, peut-être un Français ayant autrefois défendu Verdun.

Le voyageur marchait, la main posée sur l'épaule de son guide. C'était une fillette aux yeux noirs d'une douzaine d'années, elle s'appelait Aniouta.

Ils s'arrêtèrent près du portail. Le vieillard enleva sa toque, la petite fille jeta un regard par-dessus la clôture de pierres. Elle aperçut un verger, des plates-bandes, une maison et des bâtiments qui lui étaient accolés et que dissimulait en partie un saule pleureur. Dans le silence et la fraîcheur matinale, la maison basse s'étirait, brûlée par le soleil d'un long été. A droite s'étalait le potager et sa serre aux vitres ternies, ses asperges recouvertes de broussailles mystérieuses, et plus loin, derrière l'ombre bleue des cyprès immobiles, s'étendaient les champs, prêts pour les blés d'automne. C'était une habitation à échelle humaine, qui semblait avoir été bâtie sans conflit avec la nature, au contraire, même, en harmonie avec elle. Le soleil était déjà haut dans un ciel serein traversé par le vol rapide des oiseaux qui transperçaient son éclat, telles de minces aiguilles.

Vassia et Marianne vinrent au portail malgré leurs besognes ; ils étaient coiffés de chapeaux de paille qu'ils avaient repoussés sur la nuque, leurs mains étaient couvertes de terre.

— Pourriez-vous nous chanter quelque chose ? demanda Marianne après avoir dévisagé Aniouta avec sa longue jupe à fleurs et le bandeau qui lui entourait la tête.

Le voyageur salua en s'inclinant.

— Nous venons de Dordogne, aimable demoiselle. Nous allons vers le sud, dans des lieux chauds, auprès de bonnes gens. Au printemps, nous serons de retour pour passer l'été auprès des nôtres. Là-bas, ce sera ce que Dieu voudra bien nous accorder. On nous connaît.

Vassia s'approcha, son visage était trempé de sueur.

— Pourquoi marchez-vous avec lui ? demanda-t-il à l'enfant.

Aniouta lui jeta un regard apeuré. Son cœur se mit à battre de frayeur à l'idée qu'il lui faudrait partir sans rencontrer celui auprès de qui on se rendait, au nom de qui on avait fait un détour, par les petits chemins, laissant de côté la rivière et les moulins.

"Comment ces gens peuvent-ils poser de telles questions ! Comment osent-ils !" pensa-t-elle.

— Mon jeune ami, répondit alors le voyageur, nous marchons parce que je suis aveugle et trop vieux pour travailler. Nous chantons pour les bonnes gens, nous leur parlons et nous ne nous plaignons pas à notre Seigneur Dieu.

Marianne haussa légèrement les épaules et esquissa un sourire.

— Pourquoi parlez-vous d'une aussi étrange façon ? On nous avait dit que vous étiez un homme cultivé, comme qui dirait un prêtre.

Affolée, Aniouta se jeta sur le vieillard.

— Grand-père, viens, partons, grand-père ! chuchotait-elle en le tirant par la manche. Partons, grand-père chéri, nous reviendrons une autre fois !

Le vieux lui posa la main sur l'épaule, mais ne s'avança pas dans la direction où l'enfant l'entraînait. Il fit deux pas vers la clôture, en balayant de son bâton le fossé poussiéreux qui longeait le chemin.

— On vous a menti, ma bonne demoiselle, dit-il, et ses yeux vitreux jetèrent un éclair. Je ne suis pas prêtre, ni médecin, ni ingénieur. Permettez-nous de nous asseoir sur votre perron ; je sais que dans votre région les perrons sont toujours à l'ombre. Et si Véra Kirilovna avait la bonté de nous offrir de l'eau, Aniouta et moi nous lui serions très reconnaissants.

En disant ces mots, il se courba jusqu'à la taille.

Marianne ouvrit le portail et le voyageur, guidé par Aniouta, s'avança entre elle et Vassia. Sa démarche était majestueuse, sans l'obscure fébrilité que montrent souvent les aveugles. Ils passèrent lentement entre les plates-bandes. De temps en temps le voyageur levait la main droite qu'il gardait posée sur la frêle épaule d'Aniouta et bénissait les plates-bandes, la maison et les poiriers tordus et badigeonnés. Il avait un sac sur l'épaule, un sac d'origine militaire, comme ses pantalons. Personne ne connaissait le nom de cet homme.

Marianne le suivit du regard, esquissa à nouveau un sourire et se pencha sur les pousses qui émergeaient de terre.

— Bon, eh bien, allons l'écouter, déclara Vassia.

Il se passa la manche sur le visage humide et lui jeta un regard interrogatif.

— Non, répondit-elle à contrecœur. Je n'en ai rien à faire d'écouter ça. Mais toi, vas-y.

Quelque chose tressaillit dans le visage de Vassia ; son regard glissa le long du large dos de Marianne, sur sa jupe noire froncée, puis sur ses sabots.

— J'ai reçu aujourd'hui une lettre d'Adolphe, dit-il d'un air sombre. Ça ne t'intéresse pas non plus ?

Marianne tourna vers lui un visage aux pommettes hautes que la gaieté avait soudain illuminé.

— Alors il t'invite ?

— Il m'invite. Le vieux Kellerman est arrivé et il voudrait me voir. On a retrouvé père, il occupe un poste important.

Marianne fit un geste des mains et jeta un regard effrayé sur son frère.

— Joli coco, ce Gorbatov ! s'écria-t-elle. Il nous envoie des nouvelles par l'intermédiaire de Kellerman, il veut te tenter !

Vassia s'assit près d'elle et il entoura ses genoux des bras.

— Il est temps pour moi de me mettre en route, dit-il d'une voix ferme. Père nous appelle, il veut que l'un de nous revienne. Le vieux Kellerman avait d'abord essayé de convaincre Ilya. Mais Ilya lui a dit en face qu'il ne pouvait en être question. Tandis que moi, cela fait déjà toute une année que je veux rentrer. Adolphe m'écrit qu'il suffira de deux jours pour obtenir tous les papiers.

— Toute une année ? s'étonna Marianne.

— Je n'ai jamais raconté d'histoires. Maman le sait. Ilya aussi le sait. Je n'en peux plus ici. Ma vie est à la maison, chez mon père. Et puis il y a notre projet avec Kellerman. (Il baissa la tête.) Je sais que Kellerman veut obliger mon père, et après tout quelle importance, Marianne ? Il est probable que, même sans lui, je serais parti.

— Non, tu ne serais pas parti !

— Je ne sais pas… Je me sens mal ici. Là-bas, mon père travaille avec Kellerman. Il méprise notre présence ici. Je pars. On aura de l'argent, on vivra comme je l'entends. Je n'ai pas choisi d'être ici. Et puis tu sais, il me faut des racines, j'en ai absolument besoin.

— Ilya a dit que nous devions avoir des racines spirituelles !

— Ilya parle toujours de telle façon qu'on ne sait jamais ce qu'il faut lui répondre. Là-bas père est quelqu'un d'important, il a envoyé Kellerman à Paris pour négocier. Dans un mois Kellerman repartira. Tu dois comprendre que cela fait une année entière que j'attends ça, que j'attends que Gorbatov soit retrouvé, et qu'il nous appelle. Dieu sait comme Adolphe m'a harcelé !

— C'est lui qui t'a mis dans cet état, qui t'a incité à retrouver tes racines ! Ton Adolphe est un salaud et Gorbatov n'a rien à lui envier. Il t'a séduit, tenté… Oh, mon pauvre Vassia, tu n'es qu'un pantin ! Bon sang, à la place d'Ilya, je t'aurais enfermé dans le grenier et je serais partie à Paris pour exiger que Kellerman et sa clique nous lâchent !

Vassia se taisait.

— Ecoute, Vassia, dit-elle encore, laisse Ilya monter à Paris et attends ici son retour. Toute cette histoire est la conséquence de ton manque de volonté. On te fait miroiter que ton passeport sera disponible dans deux jours et sans rire on te promet un train direct jusqu'à Négoréloie. Le vieux Kellerman est visiblement aux ordres de Gorbatov, il lui promet de lui rendre son fils, et au fils de lui restituer ses racines… Que Gorbatov aille au diable ! Comment se fait-il que maman ne t'ait pas parlé ?

Vassia se leva et, de désespoir, se tordit les mains.

— Va-t'en, dit Marianne en se baissant vers le sol.

Vassia attendit, mais Marianne ne se redressa pas. Lentement, il s'éloigna. La terre collait à ses semelles. Les mains derrière le dos, il hésita un moment, puis se dirigea vers la maison. La porte de la cuisine était grande ouverte. Aniouta était assise sur le seuil et égrenait de ses doigts fins une grappe poussiéreuse de raisin. De la cuisine parvenait la voix mesurée et douce du vieillard.

Le mendiant tournait le dos à la fenêtre, les paumes des mains étaient posées à plat sur la nappe en grosse toile. Il venait de manger. La vaisselle avait été retirée, il ne restait sur la table que le pain et le fromage. Assise en face de lui,

Véra Kirilovna Gorbatova, les bras croisés et la tête légèrement penchée, écoutait.

La quarantaine, un mariage précoce, des enfants, une passion secrète et l'effondrement de la Russie avaient fait d'elle ce qu'elle était devenue : une femme de grande taille, aux cheveux bruns et aux yeux d'un gris foncé, les mêmes que ceux de Marianne, sauf que chez sa fille ils étaient ombragés par d'épais sourcils hérités de son père ; chez Vassia, lui, les yeux s'étaient éclaircis jusqu'à être d'un bleu nuageux. Et malgré tout, Véra Kirilovna avait conservé toute sa beauté. Aucun cheveu blanc ne striait sa coiffure très simple ; ses mains, certes, avaient perdu leur souplesse et leur couleur délicate à force d'un pénible labeur supporté depuis déjà une dizaine d'années. Elle n'avait plus cet incroyable "parfum maternel" qui, dans sa jeunesse, émanait d'elle, et ce n'était pas la passion secrète qu'elle couvait qui était la cause de la disparition de cette fragrance. Un vrai travail d'homme, et puis ici la sombre terre provençale avaient eu raison de la jeunesse de ses mains. Mais cette jeunesse, son corps l'avait pleinement conservée. En ville, le dimanche, on se retournait sur elle, lorsqu'elle se promenait dans sa robe plissée en coton noir, coiffée d'un chapeau de paille et chaussée d'escarpins, ses jambes gainées de bas. Ou encore, lorsqu'elle passait dans la grand-rue devant le marchand de tabac, le coiffeur, le boucher, accompagnée par un jeune homme aux cheveux blonds, au teint frais et aux yeux bleus, aux épaules larges et aux longs bras, vêtu d'un costume de coupe étrangère. Nombreux étaient ceux qui la dévisageaient et l'admiraient en disant :

— Tenez, voici la femme russe qui vient de la ferme. Elle est jeune et belle. Le garçon est son beau-fils. Elle a aussi de grands enfants : le fils du boucher voudrait épouser sa fille, quant à son fils, il aura bientôt vingt ans, il est instruit, poli et il ressemble à sa mère.

C'était ainsi qu'ils étaient nombreux à la reconnaître et à la saluer. Elle leur souriait des yeux, et le jeune homme blond tantôt se découvrait, tantôt portait son chapeau à la main tandis qu'un vent léger rafraîchissait son aimable visage.

Drapée dans un grand tablier, Véra Kirilovna, les mains croisées, écoutait le voyageur. Dans la cuisine, les volets étaient entrouverts, un rayon de lumière filtrait au travers de la fenêtre, éclairait le foyer, les bancs, le buffet, tombait sur les casseroles soigneusement récurées et sur la bassine remplie de tomates. Une lessiveuse bouillait sur le fourneau, une odeur sucrée s'élevait du couvercle d'une marmite où cuisaient du potiron et des poireaux. Le mendiant parlait, et il semblait que son visage sombre, aveugle, recouvert d'une barbe hirsute, se tournait le plus souvent en direction de Vassia qui se tenait dans l'embrasure de la porte. La cigarette collée aux lèvres, une ancienne cicatrice logée entre les sourcils, il croisait ce regard absent et froid qui ne correspondait pas à la voix triste de l'aveugle.

— Que Dieu vous bénisse, mes chers amis. Je m'en retournerai à Pâques. Je n'oublierai pas vos bontés. Je repasserai vous voir sur la route du retour pour vous faire mes adieux : je pense que je ne vivrai pas au-delà du printemps, il est temps pour moi de goûter au repos éternel, un repos sans larmes. Véra Kirilovna, Aniouta est mon ultime souci dans cette vie. La confier maintenant à quelqu'un, c'est encore trop tôt. Qu'elle vienne avec moi et qu'elle apprenne comment vivent les Russes. Ils vivent d'une manière austère, ils vivent bien, dans un labeur biblique et dans une pensée chrétienne. Mon Dieu, bénis-nous et protège-nous.

Il se signa.

— Je prierai tout spécialement pour vous, Véra Kirilovna. Depuis le printemps dernier, je ne pensais pas que vous auriez aussi bien réussi dans la vie. Je vous aurais bien chanté une chanson, celle qu'on chante en Dordogne, elle vous convient à merveille. On dirait qu'elle a été écrite pour vous.

— Chantez-la-nous, dit Marianne en s'asseyant près d'Aniouta.

— Pour vous, gentille demoiselle et pour vous, cher jeune homme, dit le vieillard en s'adressant à Vassia. Cette chanson nous donne une réponse, une réponse pour les Russes, la plus intelligible, la plus modeste. "Debout ! dit-elle, debout, homme russe !"... Je vous avouerai que cette chanson semble faire allusion à Ilya Stepanovitch.

Vassia émit un ricanement.

— Ecoutons-la, dit-il en croisant les bras sur sa poitrine.

Juste à ce moment-là une ombre se profila au-dehors, le long de la fenêtre, celle de quelqu'un qui s'avançait à pas lents. On aurait dit un homme portant un chapeau mou. L'ombre était grande, un peu courbée et avait une démarche hésitante. Véra Kirilovna leva les yeux. Des pas se firent entendre derrière Marianne. Il s'agissait d'un homme à la démarche fatiguée. C'était Alexeï Ivanovitch Shaïbine de retour d'Afrique.

Son visage pâle était couvert d'une légère sueur. On voyait qu'il était venu à pied de la ville et que ce n'était pas le premier jour de son voyage.

— Aliosha ! s'écria Véra Kirilovna, qui s'était mise debout. Mon Dieu, Aliosha !

— Bonjour, dit Shaïbine, et il enleva son chapeau, découvrant ses cheveux poivre et sel. Il se trouve que je suis de retour plus tôt que je ne l'aurais voulu.

Le silence s'installa. Effrayée, Aniouta se jeta vers le mendiant. Véra Kirilovna n'avait pas quitté la table. Elle sentait que les regards de Marianne et de Vassia convergeaient vers elle. Ils ne pouvaient s'empêcher de la regarder à ce moment-là. Un temps s'écoula. Shaïbine se tenait toujours dans l'embrasure de la porte. Puis ils se précipitèrent l'un vers l'autre. Il saisit ses mains pour les embrasser et elle, avec une soudaine précaution, douceur et timidité, déposa un tendre baiser sur sa tempe à lui.

— Qui est-ce ? demanda l'aveugle.

Marianne, qui se trouvait à proximité du vieillard, lui souffla le nom du visiteur dans l'oreille. Le mendiant releva brusquement la tête et tâtonna pour trouver l'épaule d'Aniouta qui se blottissait, apeurée, auprès de lui.

— Où allez-vous ? dit soudain Vassia d'une voix haute et ferme. Où allez-vous ? Vous deviez chanter !

Il s'avança. Ses yeux lançaient des éclairs.

— Vous devez chanter ce que vous nous avez promis, c'est la raison pour laquelle vous êtes venu ici. Marianne, empêche-le de sortir, il doit chanter.

Vassia était énervé. Tous l'avaient remarqué.

Aniouta se précipita vers la porte.

— Je chanterai quand je reviendrai, Vassili Stepanovitch, mon ami. Aujourd'hui votre famille a d'autres préoccupations. Dans quelque temps, nous reviendrons par ici pour aller passer l'été en Dordogne. Alors nous pourrons nous acquitter de notre dette, et aussi nous pourrons aborder beaucoup de questions et rencontrer Ilya Stepanovitch.

Marianne s'écarta de la porte.

— Dans quelque temps ! s'écria Vassia. Et d'ici là ? Notre temps ne s'écoule pas au même rythme que le vôtre !

Mais le mendiant s'apprêtait à partir.

— Ne vous inquiétez pas. Aujourd'hui, je suis venu chez vous à l'improviste. Que Dieu vous bénisse au nom du Père, du Fils et du Saint-Esprit.

Sans dire un mot, Aniouta le mena vers l'extérieur.

Les herbes sèches d'automne répandaient leur parfum, les poires rosies et rêches se balançaient au-dessus de la tête d'Aniouta.

— Il n'est pas là, grand-père, chuchota-t-elle sans se retourner. Nous sommes venus pour rien, grand-père, nous sommes venus à un mauvais moment et nous n'avons pas vu Ilya Stepanovitch, grand-père !

La poussière molle du chemin s'étalait sous leurs pieds. Ils longèrent lentement la clôture, là où avait couru Marianne, là où était passé le facteur ce matin, une lettre épaisse dans sa sacoche, là par où était descendu Alexeï Ivanovitch Shaïbine, qui venait de la gare ; qui arrivait d'Afrique.

C'est à ce moment-là qu'Ilya Gorbatov les avait rattrapés.

Il était soudain sorti du verger et avait sauté par-dessus la clôture. Il était mal rasé, il avait de beaux yeux bleus comme en ont parfois les enfants et auxquels rêvent toutes les jeunes filles.

— Arrêtez-vous, cria-t-il, eh ! arrêtez-vous !

Le voyageur s'immobilisa. De ses deux mains Ilya lui serra la sienne.

— Ami très cher, laisse-moi te serrer sur mon cœur, s'écria alors l'aveugle. Je ne peux plus te voir, Iliousha, mon très cher, je suis devenu aveugle et vieux. Il ne me reste plus longtemps à vivre, mon corps souffre toujours des balles qui y sont logées.

Pétrifié, Ilya se tenait en silence devant le vieillard.

— Nous partons, nous sommes pressés, il y a une raison à cela. Voilà la petite fille dont on t'a parlé dans les lettres. Aniouta, regarde, il nous a rattrapés. Notre Iliousha chéri... Nous ne sommes donc pas venus pour rien.

— Mais où allez-vous ? s'écria Ilya, qui avait retrouvé ses esprits. Quoi, vous ne pouvez pas rester un jour de plus ? Véra Kirilovna vous a-t-elle vus ?

— Véra Kirilovna a un ami, c'est pourquoi nous sommes partis.

— Qui est-ce ? D'où vient-il ?

— C'est Alexeï Ivanovitch Shaïbine. Nous avons été obligés de le rencontrer à Paris, il y a quatre ans de cela.

— Quoi ! Shaïbine est arrivé ! s'écria Ilya de plus en plus énervé. Un instant... Elle ne vous a donc rien dit de la lettre ?

— Non, mon ami, elle ne nous a rien dit, elle avait promis de nous en parler, elle n'en a pas eu le temps, semble-t-il.

Ilya saisit le mendiant par la manche.

— Je vous en supplie, revenez, vous ne connaissez pas les événements qui se sont produits chez nous : je dois aller à Paris demain, Gorbatov a été retrouvé, il essaye d'attirer Vassia.

Le voyageur hocha la tête et posa sa main sur l'épaule d'Aniouta.

— Nous ne pouvons pas, dit-il d'un air triomphant et grave, nous deux, on ne peut pas. Il nous est impossible d'y être en même temps qu'Alexeï Ivanovitch.

Ilya se passa la main sur le visage et soudain aperçut Aniouta comme s'il la voyait pour la première fois.

— Bonjour, ma petite fille, dit-il, c'est donc toi qui m'as écrit ?

Aniouta acquiesça silencieusement, elle était trop émue pour parler.

— Alors, tu es contente maintenant ? lui demanda-t-il encore.

Elle leva sur lui ses yeux d'un bleu sombre.

— Oui, dit-elle, mais grand-père va mourir bientôt, alors je vais me mettre à travailler.

Le mendiant lui caressa les cheveux.

— Lorsque je mourrai, Iliousha, Aniouta s'arrangera pour vous rejoindre, dit-il pensivement, mais seulement, ne la confie à personne.

Ilya n'osa pas demander ce que signifiaient ces paroles.

— Gorbatov a donc été retrouvé… poursuivit le voyageur, bats-toi contre lui, bats-toi pour ton frère ! Tu es malin, Iliousha. Chez nous en Dordogne tu as une grande réputation.

Ilya rougit.

— Il y a même une chanson qui circule à ton propos, je te la chanterai au printemps… Que devient ta sœur ?

— Elle va épouser un Français.

— Alors, elle restera sur la terre ?

— Oui, sur la terre.

— Alors ce n'est pas effrayant. Une bénédiction de Dieu, car la terre est partout la même. Protège ton frère, dit encore le voyageur. Son avenir lui fait peur.

— Nombreux sont ceux qui craignent leur avenir, dit Ilya, notre vie russe les effraie.

Soudain ému, Ilya se pencha vers le mendiant.

— Je ne peux pardonner à Gorbatov, dit-il douloureusement, je ne peux pas et je ne veux pas lui pardonner ni le passé ni l'avenir.

Le visage du voyageur devint aussitôt grave, son nez se pinça et ses lourdes paupières clignèrent au-dessus de ses yeux aveugles.

— Eh bien, ne lui pardonne pas, chuchota-t-il d'une voix audible, il ne le faut pas. Sois sévère, on ne peut pas tout pardonner.

Ilya ne l'avait encore jamais vu dans un tel état. Aniouta les observait d'un air craintif.

— De quoi as-tu peur, petite fille ? dit Ilya d'un air soulagé. N'aie pas peur de nos conversations.

— Elle est timide. Son visage exprimait toujours la gravité. On t'a écrit à son sujet, elle est orpheline.

Ils se donnèrent l'accolade et le mendiant s'éloigna. Le soleil était chaud et éclatant, la terre déserte s'étalait dans le silence. Ilya se dirigea vers la maison. "Il est arrivé d'Afrique, se répéta-t-il. Un homme qui a été si parfait." Son cœur se serra au souvenir de Shaïbine, aperçu brièvement de l'autre côté de la vitre d'un wagon à Moscou, il y avait quatre ans de cela.

CHAPITRE DEUXIÈME

IL FUT UN TEMPS – bien peu s'en souviennent – où une large vallée se déployait entre trois villes anciennes ; nous nommerons l'une d'entre elles Saint-Didier. Il fut un temps où la terre dans cette vallée, comme d'ailleurs dans d'autres endroits, ne coûtait presque rien. En 1907, par exemple, dans la partie nord de la Provence, la main-d'œuvre était rare, c'est pourquoi, en ces années-là, on payait un hectare de terre un tiers de ce qu'il valait en réalité – c'est-à-dire trois cents francs –, alors qu'à la même époque du côté de M… un hectare rapportait mille cinq cents à deux mille francs l'an. N'y plantait-on pas trop de pommes de terre ou de betteraves ? Les journaux locaux ont été les premiers à soulever cette importante question, qui fut reprise par les coopératives agricoles du département du Vaucluse, imitées ensuite par les associations d'éleveurs et de vignerons. Des spécialistes à leur tour abordèrent le problème dans de nombreuses monographies en signalant aux propriétaires fonciers et aux métayers les conditions particulièrement favorables qui régnaient dans cette vallée quasi inexploitée. Ils y décrivaient son merveilleux climat, la présence de l'eau, rare dans cette contrée, et la part modeste dévolue dans ce monde à la pomme de terre et à la betterave. Aujourd'hui c'est l'un des coins les plus agréables de Provence, là où s'est développée sous nos yeux une des plus prospères fabriques d'asperges en conserve. En 1907, rien ne pouvait nous faire plus plaisir que cela.

C'est ainsi que la terre devint soudain plus chère. Des ingénieurs agronomes arrivèrent. La partie de la vallée qui se trouvait près de P… fut consacrée à la culture des asperges. Il y avait là trois sortes d'asperges : l'asperge du Hanovre, l'asperge hollandaise et l'asperge verte du Vaucluse. La terre fut labourée en profondeur à la charrue, fertilisée et semée d'une variété de graines obtenue chez un horticulteur près de Tarascon. Les graines furent semées sur d'étroites bandes de terre. L'année suivante, les premières pousses apparurent, elles furent coupées et la terre fut à nouveau labourée. La troisième année, après un labour effectué à la charrue tirée par un cheval, on procéda, au mois de mars, à la première récolte, la fabrique de conserves ayant déjà été construite.

Autour de Saint-Didier apparurent les premières fermes, les champs furent semés et l'élevage des vers à soie se répandit.

Ce n'est pas sans raison que nous avons débuté l'histoire de cette vallée en 1907. Cette année-là Véra Kirilovna se maria avec Stepan Gorbatov qui, quatre mois auparavant, avait enterré sa première épouse, originaire de Sibérie, et vivait désormais avec son petit garçon, Ilya, dans une maison qui lui appartenait dans le quartier de Vyborg à Saint-Pétersbourg.

Stepan Vassilievitch Gorbatov n'était ni jeune ni vieux, c'était un homme du début de notre siècle. En 1907 Véra Kirilovna était âgée de vingt ans et lui en avait trente-six. Etait-il un Pétersbourgeois dans le sens qui est utilisé aujourd'hui ?

Oui et non. C'était un Pétersbourgeois du quartier de Vyborg, un homme d'argent et d'affaires, d'origine obscure. Il avait un gros commerce de fourrures et travaillait principalement avec l'étranger. Il existe encore aujourd'hui, rue de Rivoli, des grossistes qui se souviennent de Gorbatov avant la guerre et de ses peaux de qualité supérieure.

Quant à Véra Kirilovna, personne n'avait jamais entendu parler d'elle.

Ayant donné sa douce main et son cœur de jeune fille à Gorbatov, elle coupa d'un seul coup tous les liens qui la rattachaient à sa vie antérieure – tout ce qui avait été particulièrement cher à son cœur était resté dans l'élégante et mélancolique île Vassilievski, là où se trouvait la petite maison en bois de son père, instituteur à l'école de la rue Nossovoia, et de laquelle elle s'était élancée un jour comme s'élançaient à cette époque les jeunes filles russes – pour épouser un fonctionnaire, un commerçant, un juge.

Vassia était né la seconde année de son mariage ; Marianne un an avant la guerre. Mais dès le premier jour, il n'y avait pas eu de joie plus grande pour Véra Kirilovna que de connaître et d'aimer Ilya, son beau-fils. De grands élans subsistaient dans son cœur, mais elle ne s'y attardait jamais.

En aimant Ilya, elle apprit à aimer la première femme de Gorbatov, la Sibérienne dont personne ne savait rien de précis – qui était-elle ? pourquoi était-elle morte ? – et au sujet de laquelle on conservait un éphémère mais lumineux souvenir.

Les liens avec sa vie de jeune fille furent définitivement coupés lorsque Alexeï Ivanovitch Shaïbine apparut à Saint-Pétersbourg. Il lui était déjà arrivé de venir de Moscou où il terminait ses études universitaires, mais maintenant il s'installait définitivement dans la capitale où il avait quelques relations et où il comptait occuper un poste de fonctionnaire d'Etat.

Le premier jour de son arrivée, tard le soir, il fit arrêter le cocher devant la petite maison en bois. Deux alliances se trouvaient dans sa poche. On le conduisit dans une petite salle à manger exiguë où se répandait une vieille odeur de tabac et de chou. Comment ! Elle est mariée ? Elle a deux enfants ?… Il sortit, laissant la porte grande ouverte derrière lui.

Alexeï Ivanovitch Shaïbine se sentit terriblement ridicule. Il jeta les alliances dans la Néva, but plus que de raison et retourna dans sa chambre meublée, rue Troïzkaia, où il avait eu la chance de trouver à se loger. Le lendemain matin, il écrivit une lettre brève à Véra Kirilovna, lui demandant un rendez-vous. Elle vint chez lui, introduite par le concierge.

Elle aimait beaucoup de personnes dans sa vie : elle aimait son père, Vassia, Marianne, elle aimait Iliousha et feu la mère d'Iliousha. La seule personne qu'elle n'aimait pas du tout, c'était Stepan Vassilievitch Gorbatov.

Toute une année s'écoula au cours de laquelle Alexeï Ivanovitch et Véra Kirilovna furent très proches l'un de l'autre. Puis la guerre éclata. Shaïbine rejoignit le front du Caucase et pendant longtemps il n'écrivit pas. Véra Kirilovna appartint alors sans partage à Gorbatov.

Cette époque de longue et solitaire attente de lettres, de nouvelles, de retours s'était effacée de la mémoire de Véra Kirilovna, supplantée par l'année 1917 et les événements qui lui succédèrent. Cette année-là Shaïbine revint à demi invalide.

Gorbatov fit faillite. Véra Kirilovna se sépara de lui et partit à Moscou avec les enfants en compagnie de Shaïbine. Ils y passèrent trois mois dans la même secrète intimité qu'ils avaient connue. Puis il disparut, comme il y avait de cela trois ans, se dépensant sur divers fronts de la guerre civile, dans les coins reculés de la province russe en ébullition. Il fut, comme le bruit avait couru, brièvement marié et enfin, il fut de retour à Moscou, quelques jours avant le départ de Véra Kirilovna pour l'étranger. Elle était devenue tout autre. Son cœur était épuisé d'amour et de souvenirs, elle avait survécu aux privations et à la peur. Ilya atteignait ses vingt et un ans. Cela faisait cinq ans que ni elle, ni lui n'avaient aucune nouvelle de Gorbatov.

Shaïbine se tenait auprès du wagon, la tête découverte. L'automne était déjà bien avancé. Vassia et Marianne s'agitaient derrière la vitre. On devait les instruire, les habiller, les chausser. Qu'avait donc fait l'ouragan russe avec le cœur d'Alexeï Ivanovitch ? Comment n'avait-il pas réussi à éteindre la passion que lui inspirait cette femme tant de fois abandonnée ? Il n'avait jamais pu l'oublier. C'est ainsi qu'il lui faisait, une fois de plus, ses adieux en silence. Le train siffla, s'ébranla. C'est alors qu'il lui demanda, tandis que le convoi prenait de la vitesse :

— Comment pourrais-je vous retrouver ?... Si...

Il n'avait jamais posé une telle question. Elle lui répondit aimablement, ayant légèrement pâli :

— Paris... sinon, je ne sais pas. C'est Ilya qui décidera.

C'est ainsi que, quatre ans plus tard, arrivé tout droit d'Afrique, Shaïbine apparut à la ferme.

Marianne s'approcha de lui, les joues rougies par la chaleur du fourneau : elle venait de remuer le linge dans la lessiveuse d'où la vapeur s'échappait jusqu'au plafond.

— Alexeï Ivanovitch, dit-elle, est-il vrai que vous êtes venu chez nous pour y rester tout le temps ? Si je demande cela, c'est que nous avons énormément de travail et que Vassia veut nous quitter.

Vassia détourna les yeux. Shaïbine fut légèrement décontenancé.

— Je n'ai pas encore pensé à cela, je n'ai pas encore décidé... Alors Vassia s'en va ?

— Vous ne connaissez peut-être pas encore les circonstances ? s'écria Vassia agité. Les conditions sont des plus humaines. Mais la vie, la vie elle-même !... Celui qui peut l'endurer, qu'il soit félicité, les autres n'en ont pas la force.

— Avez-vous entendu parler de Gorbatov ? dit, à nouveau, Marianne. Une nouvelle venue de l'autre monde dit qu'il est à la tête d'un trust.

Shaïbine jeta un regard à Véra Kirilovna, elle lui faisait signe de venir jusqu'à la porte.

— Ce ne serait pas chez lui que vous partez ? demanda Shaïbine en se tournant vers Vassia.

Ce dernier ne lui répondit pas. Shaïbine se tint encore un moment au milieu de la cuisine, puis, aussi vite que sa jambe invalide le lui permettait, il se dirigea vers la chambre de Véra Kirilovna. La porte se ferma derrière lui.

C'est dans cette vaste chambre campagnarde que Shaïbine ressentit instantanément cette émotion unique, douce, indicible qui vous saisit lorsque vous vous trouvez seul avec la femme que vous avez un jour follement et passionnément aimée et avec laquelle rien ne peut plus jamais se répéter. Shaïbine se connaissait assez bien, on peut même dire qu'il savait presque tout concernant sa propre personne. Il pouvait, comme certains, devenir l'ombre de lui-même : ressusciter en pensée le passé, agir sur le présent, trouver dans la cruauté du désespoir une jouissance accessible à ceux qui, comme lui, avaient quitté les chemins battus quinze ans plus tôt et qui, entre les enthousiasmes et les malédictions, n'ont pas vécu mais se sont consumés toutes ces années. Il savait que ni le dédoublement de sa personnalité, qui l'avait si délicieusement torturé toute sa vie, ni une sobriété constante dans un environnement d'ivresse suffocante ne le distinguaient de ses semblables, de sorte que, petit à petit, l'orgueil avait laissé la place à la conscience permanente de ses erreurs.

Ces premiers instants où il se trouva seul avec Véra Kirilovna furent pour Shaïbine une énorme joie imméritée : il voulut les prolonger, mais il se rendit parfaitement compte que cela ne dépendait plus de lui seul. Il s'approcha de Véra Kirilovna avec une douce assurance, parfaitement maîtrisée. Il prit ses deux mains dans les siennes et les serra. C'étaient ces mêmes mains auxquelles il avait, un jour, retiré l'assurance paisible d'une mère.

— Eh bien, disposez de moi, disposez de moi, répéta-t-il par deux fois tout en ayant une terrible envie de se jeter à ses pieds. Je crois que je ne peux plus être l'unique propriétaire de ma vie. Apprenez-moi à vivre comme vous vivez vous. Apprenez-moi ce que je dois faire. J'ai quitté l'Afrique à la suite de votre lettre, mais vous ne savez pas tout. Je dois aller à Paris… Oh ! Véra, si seulement vous pouviez voir en moi comme par le passé !

— Aliosha, je crois que je n'ai jamais pu le faire.

— Ne retirez pas vos mains… Mon Dieu, comme je vous ai aimée ! Vous m'avez fait venir, c'est à vous de disposer de moi. Dites-moi vite ce que vous pensez de moi, pourquoi m'avez-vous écrit ?

— Je vous ai écrit, commença Véra Kirilovna, retirant ses mains des paumes brûlantes de Shaïbine, pour vous proposer de vivre chez nous. Je voulais que vous quittiez la Légion étrangère. C'est vrai, Aliosha, cela valait-il vraiment la peine de vous aimer vous-même toute votre vie comme vous l'avez fait pour vous retrouver dans le plus terrible des endroits pour un Russe ? Et Dieu sait combien il y a de tels endroits ! Vous m'avez écoutée, vous resterez chez nous. Ilya a un grand projet en vue

– tant que nous ne serons pas en Russie, notre place sera ici sur cette terre. Vous conserverez votre liberté ; je sais que la première année vous paraîtra très difficile, très ennuyeuse… mais votre avenir réside dans l'union avec ceux qui sont comme vous. Prenez soin de vous. C'est tout.

Shaïbine l'écoutait, assis sur le lit de Marianne. Une odeur de lavande qui venait du tiroir mal fermé de la commode se répandait dans la chambre.

— C'est vrai, il semble que vous voulez m'enseigner quelque chose, dit-il. Mais je dois vous prévenir, vos lettres n'ont pas été la seule raison de mon arrivée en France.

Sous son tablier, Véra Kirilovna joignit les mains.

— Aliosha, ne vous mettez pas martel en tête ; je sais que vous pensez que je vous ai appelé… (comme il m'est difficile de prononcer ce vieux mot) pour vous aimer à nouveau. Non, ce n'est pas ça, écartez cette pensée malicieuse. Aujourd'hui, je vous fais une offre – elle serra ses mains encore plus fort. Restez. Travaillez chez nous. Telle que vous m'avez connue et aimée, cela n'a plus rien à faire ici.

— Vous me promettez d'un coup le paradis sur terre et vous ne vous demandez même pas si je désire ce paradis, dit Shaïbine d'une voix lente. J'espérais vous trouver autre, c'est-à-dire comme avant, et vous, vous ne parlez que de paix et de liberté…

— Vous vous attendiez à ce que je vous aime encore, Aliosha, dit-elle à voix basse en le regardant dans les yeux, vous vous êtes trompé.

Ils restèrent silencieux une minute entière.

— Vous n'avez pas changé, Aliosha, dit encore Véra Kirilovna, comme par le passé, vous vous compliquez cruellement la vie. J'ignore quelles étaient vos pensées il y a une heure ; vous espériez peut-être que je me jetterais dans vos bras – pour après me repousser ? Ou bien, ne m'interrompez pas ! vous vous attendiez à ce que je vous demande d'abord pourquoi vous devez vous rendre à Paris et vous vous prépariez à me torturer avec des devinettes ? Comprenez-moi, c'est avec courage et d'une façon toute nouvelle que je vous fais une offre, car je veux que vous acceptiez de vous sauver de vous-même.

— Me sauver de quoi ?

— De votre propre perte.

— Pourquoi ? Quand la Russie a-t-elle coulé ?

— Vous n'êtes pas la Russie.

Shaïbine releva la tête.

— C'est un cercle vicieux, il faut y réfléchir longtemps pour comprendre quelque chose, dit-il d'un ton grave. Oui, la Russie et moi, nous coulons ensemble.

— Eh bien, accrochez-vous. La Russie est éternelle, elle surnagera, tandis que vous, où serez-vous ?

Véra Kirilovna était tout agitée. Etonné, Shaïbine écoutait le son de sa voix à la fois si vif et si doux.

— C'est incroyable comme vous essayez de me tenter de jouir du paradis terrestre, dit-il. Je me doutais bien que vous voudriez m'entraîner dans quelque voie, mais je ne m'attendais pas à ce qu'elle fût aussi courte. Elle nécessite de grandes forces, Véra, pour ne pas se ramollir aussi facilement “au sein de la nature”. Où prendre de telles forces ?

Il resta pensif quelques instants.

— Comme le passé pèse sur nous ! dit-il. Le plus terrible est que nous sommes incapables de lutter contre ce poids et que petit à petit nous trouvons un certain plaisir à l'aimer. N'est-ce pas, Véra ?

— Oui.

— Enfin, vous êtes d'accord sur quelque chose avec moi… Alors, vous voulez dire que vous aimez ce qui fut.

— Ce qui fut ? répondit Véra Kirilovna tout bas. C'est toute ma vie.

— Répétez.

— Vous. Vous êtes toute ma vie.

Shaïbine eut l'impression presque physique qu'il se dédoublait. Il ne pouvait plus se dominer, il écoutait des voix qu'il était seul à entendre. Jette-toi à ses genoux ! Cette idée l'envahit comme un souffle. Enfuis-toi, enfuis-toi ! criait une autre voix à l'intérieur de lui, elle est en train de t'ensorceler !

Shaïbine se leva et fit quelques pas pour essayer de calmer les battements de son cœur.

— Demain, je vous dirai ma décision, dit-il sans la regarder. Si seulement vous saviez combien il est urgent pour moi d'aller à Paris !

Véra Kirilovna se taisait.

— Vous ne me demandez pas pourquoi ? Vous avez toujours été ainsi. Je vais vous le dire : je vais à Paris parce qu'on ne m'y attend pas, parce qu'on ne me désire pas, qu'on ne m'aime pas…

— Se souvient-on de vous là-bas au moins ? demanda Véra Kirilovna fièrement.

— Si on se souvient ? Oui, on se souvient. C'est tout ce que je sais, à vrai dire. Shaïbine sourit soudain d'un air impuissant. J'ai reçu trois lettres qui m'ont fait comprendre que j'avais été remplacé.

Véra Kirilovna se leva.

— Vous savez, Aliosha, on peut attendre jusqu'à demain pour la réponse, dit-elle. Mais vous ne resterez certainement pas ici. Demain Ilya part à Paris et vous pourrez l'accompagner.

Shaïbine se passa la main sur le visage.

— Demain... Oui, entendu, je partirai demain. Avec Ilya ?... Vous savez, il y a longtemps que je ne l'ai pas vue. Dès mon arrivée à Paris, vous êtes partie au sud... N'avez-vous pas remarqué, Véra, comme j'arrive toujours avec un petit retard ?... Je l'ai rencontrée par hasard et Dieu sait quelle conduite elle avait alors ! Mais elle avait une sœur. J'ai aimé les deux. Sa sœur était mariée, elle avait une fille... Je ne savais quelle décision prendre et je suis parti. A l'autre, cela ne lui faisait peut-être rien, ou peut-être que non. Il est arrivé un malheur à la sœur : elle s'est empoisonnée.

Shaïbine s'assit. Ses yeux se fermaient.

— Je suis fatigué de mon voyage, Véra, dit-il en se laissant aller d'un seul coup, je me fatigue très vite maintenant. De plus, je suis un lâche : le mari de celle qui s'est empoisonnée est mort, il y a deux mois. Je n'ai pas osé revenir avant cet événement.

Il parlait avec difficulté. Son visage légèrement féminin, doux et sec s'était assombri.

— Vous ne vous sentez pas bien ? demanda Véra Kirilovna, tendant vers lui ses mains qui tremblaient.

— Non, ce n'est rien, répondit-il, mais qu'est devenue la petite fille ? Et puis, comprenez-moi, je veux revoir celle qui avait Dieu sait quelle conduite. Je l'aime.

Il prit la main de Véra Kirilovna et la pressa sur ses yeux. Une minute s'écoula et Véra Kirilovna se pencha lentement vers lui. Ses lèvres effleurèrent sa tempe. Shaïbine ne bougea pas. Elle eut à peine le temps de se redresser qu'Ilya était entré dans la pièce.

Shaïbine ouvrit les yeux, lâcha la main de Véra Kirilovna, mais resta assis.

— Bonjour, Alexeï Ivanovitch, dit Ilya, enfin nous nous rencontrons.

Le visage de Shaïbine s'étira avec un sourire, ses yeux brillèrent, il serra avec force la main que lui tendait Ilya.

— Bonjour, dit-il. On voyait qu'il avait peine à se maîtriser. Comment allez-vous ? Quelles sont les nouvelles intéressantes que vous avez d'Anna Martinovna ?

Le sang afflua aux joues d'Ilya, son visage devint cramoisi, il recula d'un pas hésitant.

— Vous connaissez Niousha ? murmura-t-il.

Véra Kirilovna les observait tous les deux. Shaïbine se leva.

— Si je la connais ? Je vous connais aussi grâce à elle… mais je crois que nous devons aller déjeuner.

Ilya restait immobile dans l'embrasure de la porte. Shaïbine s'approcha de lui comme dans un rêve, l'écarta de la porte et entra dans la cuisine.

Trois couverts avaient été mis sur la table. Vassia et Marianne étaient absents. Shaïbine s'assit le premier, le dos à la fenêtre, à la place du maître. On lui servit une soupe grasse à la viande et un morceau de pain. Ilya s'assit en face de lui. Un grand plat de légumes verts trônait au milieu de la table. Véra Kirilovna allait et venait, les servant tous les deux.

La table avait été astiquée le matin même par Marianne, elle dégageait une odeur humide de bois propre. Un vieux journal parisien recouvrait un petit meuble bas de cuisine ; le papier jauni par le temps et les mots qui avaient attiré l'attention d'Ilya avaient pâli. Ce journal avait un jour mentionné son nom de famille à l'occasion d'une affaire relative à une colonie installée dans les Basses-Pyrénées.

Ilya saupoudra son pain de gros sel. Ses dents légèrement émoussées sur les bords étaient blanches et brillaient dans son visage bruni par le soleil, ses cheveux légers et poussiéreux se hérissaient dans tous les sens. Il portait une chemise en grosse toile et des pantalons retroussés comme l'étaient les manches de sa chemise. Il était chaussé de sandales en toile verte.

Il mangeait sans se hâter. La vie et le travail sollicitaient de sa part, bien que d'une façon inconsciente, l'observation de certains principes : il mangeait lentement, dormait d'un sommeil profond et lorsqu'il lui fallait réfléchir, comme en ce moment précis, son visage changeait imperceptiblement d'expression, de sorte qu'un observateur attentif pouvait difficilement discerner un changement dans l'immobilité de sa bouche, dans l'obscurcissement de ses yeux ou dans son front large et lisse qui témoignait de sa jeunesse.

Ils restèrent longtemps silencieux, sentant que chacun était préoccupé par ses propres pensées, et tous les deux étaient en proie au doute. Des doutes diamétralement opposés et qui les assaillaient différemment – puisqu'ils étaient si différents l'un de l'autre ! Shaïbine se tenait toujours au seuil de son enfer personnel et ressentait une sorte de jouissance à se poser les questions qui déchiraient son âme. Ilya s'était immobilisé sur un unique mystère, comme devant un livre ouvert, où tous les signes lui auraient été incompréhensibles. Shaïbine fixait Ilya, sans aucune honte, ayant perdu tout sens de la dignité comme si l'aspect physique de l'homme assis en face de lui recelait la réponse nécessaire au dilemme qui le taraudait. “Le voilà, celui-là, le premier d'entre les premiers, pensait-il. Le premier qui s'est éloigné de nous, de notre génération. Le premier de ceux qui vivent autrement que de la façon dont nous avons jadis vécu. Nous clôturons une époque, ils ouvrent une nouvelle ère. Entre nous, un fossé. Sont-ils meilleurs que nous ou non ? Un autre pourra en juger… L'époque s'est déchirée en un éclair, personne ne s'en est aperçu. C'est ainsi que nous nous sommes retrouvés de ce côté du fossé, et eux, là-bas, de l'autre côté. Et voilà qu'il se trouve en face de moi, voilà ses yeux, ses épaules, ses mains, sa voix… Comment le découvrir un instant et voir ce qu'il recèle à l'intérieur, puis refermer le tout après avoir acquis une certitude ?… Mon Dieu, pour cela on peut sacrifier plus d'une année de sa vie. Incroyable ! Je vais passer douze heures avec lui en tête-à-tête, n'est-ce pas effrayant ? Et si soudain, n'attendant pas la fin de mes questions, il me déclarait quelque chose qui deviendrait une évidence pour moi ? Non, non, peut-être vaut-il mieux ne rien savoir et continuer à douter (non pas pendant ces dernières vingt-quatre heures mais toute cette année). Il vaut mieux prolonger le doute et ne pas bousculer le destin, ne pas briser ce mystère. Mon Dieu, est-il vrai qu'elle serait entre ses mains ?"

Ainsi réfléchissait Shaïbine, tandis qu'Ilya était assis comme devant un livre ouvert, dont il ne comprenait rien. Cet homme connaissait Niousha. Il était cet homme vivant en Afrique qu'elle lui décrivait dans ses lettres sans le nommer. Qu'est-ce qui pouvait les lier ? Que représentait cet homme ? Il était le "dernier", comme le désignait Niousha. Le mendiant avait dit quelque chose de cruel à son propos. Véra Kirilovna l'avait, plus d'une fois, surnommé "un parfait homme de l'ancienne époque". Alors, il connaissait Niousha... Une partie de sa vie triste et dévergondée se découvrait à lui, mais il n'obtenait pas l'entière réponse à ses questions.

— Etes-vous satisfait ? demanda Shaïbine, son menton sur sa main. Je veux dire, êtes-vous satisfait de votre vie présente ?

— Oui, répondit Ilya. Maman vous a proposé de rester ?

— Je ne peux pas rester, répondit Shaïbine, je ne le peux pas pour le moment. Vous entendez, Véra, j'ai dit “pas pour le moment”. Est-il possible, Ilya, que vous réussissiez à vous en sortir avec tout ce travail de forçat ? Excusez-moi, je pose peut-être une question stupide ?

— Je travaille. Marianne travaille. Dans ce domaine, elle n'a rien à envier à un homme ; l'été on a pris un valet de ferme, mais il nous a quittés. Il s'est associé avec d'autres Russes et a pris une ferme à son nom. Nous aurons bientôt Gabriel, le fiancé de Marianne. Et si Vassia s'en va, je trouverai des gens à la colonie.

— A la colonie ?

— Oui, dans les Basses-Pyrénées. Là-bas, nous sommes nombreux. De plus, j'ai des relations avec tout un cercle à Paris. Il y a là-bas une quarantaine de personnes qui veulent s'installer tout près d'ici.

— Mais le travail en lui-même ?

— C'est-à-dire que vous voulez savoir si le travail est dur. Oui. Surtout la première année... Evidemment, c'est dur. Avant de commencer quoi que ce soit, il faut faire un apprentissage : connaître l'époque des semailles, penser à ce qu'il faut semer et comment le faire, apprendre à labourer avec des bœufs, et celui qui ne sait pas doit apprendre à les atteler. Il y a différents métiers qui entrent en jeu dans le travail agricole. Nous, les Russes, nous sommes portés vers l'agriculture intensive et hésitons à nous lancer dans la production des truffes, des olives, de la vigne et même nous ne la prenons pas trop au sérieux. Ici on élève des vaches d'une race particulière, on fabrique du fromage. On produit diverses variétés. En ce moment on s'intéresse aux asperges... Chez nous, nous avons, pour le moment, vingt-cinq hectares. Ce n'est pas beaucoup, et pourtant, on y consacre tout notre temps, si vous y ajoutez la volaille et les cochons... Mais bien sûr, tout cela ne suffit pas pour en faire une vocation, le problème dépend de ce que l'on fait.

— Que voulez-vous dire ?

Mais le repas était terminé. Ilya se leva.

— Excusez-moi, je développerai ma pensée une autre fois, répondit-il en souriant ; je suis obligé de vous quitter. Je n'ai pas fait exprès d'amener la conversation sur le sens à donner à notre entreprise pour vous intéresser, c'est tout à fait par hasard. Oui, peut-être que tout cela ne vous intéresse pas, et peut-être même que vous y êtes parfaitement hostile.

— Vous pensez qu'entre moi et Vassia, il y a quelque chose de commun ?

— Oui, dit Ilya, ayant réfléchi un instant. Mais sa vie est encore plus difficile que la nôtre, car il ne possède pas de point d'appui.

Shaïbine se leva à son tour.

— On dirait que vous freinez des quatre fers pour demeurer dans l'époque d'avant-guerre, poursuivit Ilya, et vous vous y accrochez de toutes vos forces, tandis que lui, il ne possède aucune assise. Sous ses pieds, il n'y a que la fragile période de la guerre et de la révolution. Quant à vous, vous vous arcboutez de toutes vos forces. En fait, peut-être y trouvez-vous un certain plaisir ? Cela ne vous ferait rien de périr, n'est-ce pas ? Vous voulez partager le destin de la Russie, dont l'avenir – y compris le vôtre – est des plus sombres. Vassia, lui, n'a ni point d'appui ni la

Russie derrière lui – là est l'horreur indicible, il cherche ses racines et ne veut périr à aucun prix.

— Mais où est la ressemblance ? demanda Shaïbine, comme s'il avait voulu prendre Ilya en défaut.

— La ressemblance est énorme : vous avez tous les deux la même mentalité, tous les deux vous ne savez pas de quoi est fait le bonheur.

Ilya avait prononcé ces paroles sur le pas de la porte, mais Shaïbine réussit à le rattraper.

— Et vous, vous savez en quoi consiste le bonheur ? demanda-t-il d'une voix sourde, saisissant Ilya par la manche.

Ilya jeta un regard sur cette longue main fine.

— Oui, dit-il, mais vous, vous êtes trop orgueilleux pour le reconnaître.

Il rougit soudain et dégringola du perron. Il piétina de ses sandales de toile le fumier étalé la veille et disparut.

Shaïbine sortit dans le jardin. Il sentit qu'il n'était absolument pas à sa place. Le potager était vide. Des carrés de terre étaient recouverts de fumier ; tout à côté, on voyait que des choux, des salades, des oignons et des poireaux étaient en train d'être repiqués. A cette époque dépouillée de la fin de septembre ne sortaient de terre que les vestiges de la splendeur passée des aubergines, des concombres et des choux-fleurs. Par contre, les arbres fruitiers croulaient de poires, de pommes, de prunes. Les brugnons resplendissaient sur les branches, dorés, roses, violacés, odorants. Shaïbine descendit non pas vers la route, mais dans la direction vers laquelle il lui semblait qu'Ilya s'était dirigé. Deux bâtiments en pierre s'y dressaient. De la porte de l'un d'eux, le mufle camus d'une énorme vache apparut soudain ; un chien hirsute passa sans même jeter un regard vers Shaïbine, qui poursuivit sa route, emprunta un étroit sentier et déboucha dans un champ.

Dieu sait depuis combien d'années il ne s'était pas promené dans un champ ! Il essayait de ne pas y penser. Le vertige le saisissait lorsqu'il fixait les oiseaux qui volaient à sa rencontre. Il se dirigea vers un érable solitaire, qui dressait ses branches touffues à la lisière du champ. Shaïbine s'allongea soudain auprès de lui sur la terre chaude d'automne. Sous ses yeux s'étalait cet espace où Ilya avait semé du blé, ce qui n'était pas très commun pour la région.

Octobre, le mois des semailles importantes, n'était pas encore en vue ; la terre, dans l'attente des blés d'automne, reposait, lisse, sous les engrais. L'air était bleu et frais. Shaïbine s'allongea sur le ventre. Nez à nez avec les tiges d'herbe qui tressaillaient sous les pas d'une fourmi impétueuse… Les bras en croix, il frôla de sa joue et de son front cette terre dure et rêche. C'est alors que le saisit ce tremblement, dont il avait tellement honte, qui crispa son visage.

Revenant à lui, il entendit Marianne chanter. Elle chantait une chanson provençale, si longue que personne n'en connaissait la fin. C'était l'histoire d'une jeune paysanne, dont un riche étranger s'éprend, elle lui donne un enfant, puis s'enfuit en ville où elle le trompe avec un homme de son village qui élève des lapins.

CHAPITRE TROISIÈME

LES VOYAGEURS devaient attraper le rapide de neuf heures trente.

Le soleil se couchait, les oiseaux tournaient en rond au-dessus des champs. Véra Kirilovna ne les accompagna pas jusqu'au portail. Sur le perron, Shaïbine s'inclina vers elle et lui demanda quelque chose en se penchant à son oreille.

— Je vous répondrai si vous m'écrivez, dit-elle tranquillement.

Ayant fait une dizaine de pas, il se retourna soudain et s'élança à l'intérieur de la maison. Avait-il oublié sa pipe africaine sur la table ? Il n'y resta pas plus de deux minutes. Lorsqu'il sortit, son visage était humide. Shaïbine pleurait-il ? Oh non ! C'étaient les larmes de Véra Kirilovna.

Vassia accompagna les deux voyageurs jusqu'à la route. Un autocar cahota à leur rencontre. Ilya fit un signe et le véhicule s'arrêta dans un grincement de freins ; les deux hommes prirent place. Une vieille femme serrait deux coqs sur sa poitrine desséchée. Trois hommes en chemise à plastron rentraient d'une noce, une fleur à la boutonnière. L'autocar avait dû également servir à transporter les invités de la noce, car des restes de serpentins jonchaient le sol tremblotant du car.

Lorsque Ilya et Shaïbine montèrent dans le train, la nuit était sur le point de tomber. Lorsqu'ils changèrent de train à A…, dans une gare enfumée et éclairée par des lampions, il faisait déjà nuit noire. Ils étaient seuls dans un étroit compartiment de troisième classe sentant le tabac. A partir de cet endroit et jusqu'à Lyon, le train fila à une vitesse folle. De temps en temps, derrière la vitre, une rivière comme morte scintillait furtivement, puis les lumières troubles des villages et des villes flottaient brièvement dans l'atmosphère, alors que dans le wagon, les Arabes chantaient, les matelots hurlaient en jouant aux osselets, les enfants pleurnichaient et le train de nuit grinçait. Shaïbine se tassa dans un coin du compartiment et il ressentit aussitôt cette sensation physique du mouvement des roues qu'il aimait depuis son enfance – une envie de sauter du train, une angoisse trompeuse qui te pousse à sauter et à te jeter face contre terre. Mais dès que tu t'immobilises dans une gare, une torpeur pesante te saisit les jambes, t'emmaillote tout entier et tu ne bouges plus, pas même pour boire une bière, pas même pour prêter l'oreille à ce qu'annonce le crieur de journaux.

Shaïbine était assis en face d'Ilya. Il lui appartenait pour la nuit entière. Mais était-ce de cette rencontre qu'il avait rêvé dans la nuit africaine ? Il allait à Paris pour voir Niousha Sletova, il s'était arrêté chez les Gorbatov pour rendre visite à Véra Kirilovna. Mais le but secret de toute cette affaire, n'était-ce pas Ilya ? Quand il y pensait, une sorte de délire le saisissait. Hier encore Ilya était pour lui un mystère lié à Niousha, et uniquement cela. Il voyait en lui un rival, un homme qu'elle aimait, qui avait pris sa place dans son cœur. Maintenant Ilya était devenu pour lui plus qu'un rival : un ennemi, et quel ennemi ! Shaïbine n'avait jamais eu de tels ennemis.

Cet homme détenait les clés que Shaïbine avait cherchées désespérément tout au long de sa vie. Mais ces clés étaient de celles qu'on ne dérobe pas – dans les mains de Shaïbine, elles auraient perdu tout leur inestimable prix. C'était Ilya lui-même qui devait lui ouvrir les portes tant convoitées et le mener par la main quelque part. Pour cela, il devait d'un ennemi devenir un ami, peut-être même plus qu'un ami, peut-être un frère.

— Vous comptez dormir ? demanda Ilya, qui était resté tout le temps silencieux et fumait.

— Non, je vous écouterais, si vous aviez quelque chose à me raconter, répondit Shaïbine en relevant le col de son pardessus.

Sans le faire exprès, Ilya sourit. Shaïbine chercha dans ce sourire soit de l'ironie, soit de la supériorité ; il ne comportait ni l'une ni l'autre.

— Vous auriez voulu savoir comment tout cela s'est passé ? dit simplement Ilya. Mais vous serez déçu, vous devez déjà tout connaître d'après ses lettres. De toute façon, il y a eu si peu de choses…

Shaïbine ressentit un tremblement intérieur – il provenait sans doute du fait qu'à cet endroit du voyage, juste après Montélimar, le climat changeait brusquement. Il se leva et claqua la porte qui les séparait du couloir d'où provenait un froid pernicieux. Il reprit sa place et fourra ses mains dans ses poches.

— J'avais fait sa connaissance à Paris, poursuivit Ilya, je ne l'ai vue que cinq ou six fois. Puis je suis parti. Ensuite maman et les enfants sont venus me rejoindre. Un mois plus tard environ, elle m'a écrit. Depuis lors, nous avons continué à correspondre. C'est tout.

Ilya se tut. Le wagon les projetait tantôt d'un côté, tantôt de l'autre.

— Alors c'est tout ? Oui… moi j'en sais bien plus, ricana Shaïbine. Vous n'êtes pas aussi simplet que vous essayez de le paraître. Vous avez une façon très habile de vous taire.

Ilya lui jeta un regard perçant.

— Oh non ! Alexeï Ivanovitch, je ne suis pas le simplet que vous croyez, je vous préviens avant qu'il ne soit trop tard. Ce n'est pas parce que je travaille la terre que je suis devenu un simplet gentil et naïf. Je vous en prie, ne vous méprenez pas.

— Alors, vous n'allez plus rien me raconter ? demanda tranquillement Shaïbine.

— Non, Alexeï Ivanovitch, je ne peux rien vous dire de plus. Mais à mon tour, je ne sais pas grand-chose de vous. Pour commencer, ne serait-ce que le fait que Niousha ne vous avait jamais mentionné par votre nom dans ses lettres. C'est seulement maintenant que j'ai compris qu'il s'agissait de vous.

— Que vous écrivait-elle à mon sujet ?

— Qu'elle vous avait brièvement connu, que vous l'avez aimée en même temps que sa sœur, que sa sœur s'était empoisonnée après votre départ, et qu'alors elle serait partie à l'autre bout du monde pour vous suivre. Et maintenant…

— Poursuivez !

— Et maintenant, elle a changé d'avis.

Dans l'obscurité du wagon, Shaïbine pâlit.

— J'ai froid, dit-il, ici, ce n'est pas l'Afrique.

Un Arabe, qui se tenait dans le couloir et regardait par la fenêtre, venait de le faire penser à l'Afrique. Le courant d'air dérangeait les plis de sa djellaba blanche qui, de loin, paraissait d'une blancheur d'ange. Il mangeait des prunes et crachait les noyaux en direction de la forêt qui filait le long du train.

— Et Marianne ? demanda soudain Shaïbine. Elle se marie ?

Ilya fit un signe de la tête.

— Oui, je peux aussi vous parler de Marianne… Elle épouse le fils du propriétaire du Paradis-Chevalin, Gabriel Jolifleur.

— Là aussi vous y voyez une certaine signification ?

— Maintenant oui. Avant j'avais peur, je luttais contre cette intégration ; dans ce cas, cela pourrait être un bien. Savez-vous qui m'a convaincu ? Jolifleur lui-même. Jolifleur m'a tout de suite compris. Il m'a dit qu'au début, il avait peur, lui aussi, tout comme moi. Mais, maintenant, il est persuadé que cela doit être ainsi. Ah ! C'est un homme étrange ! Il passe sa vie parmi les cadavres de chevaux et le sang qui coule, et le dimanche il est capable de tenir une conversation sur des sujets essentiels. Mon ancien patron, qui est maire de Saint-Didier, est un de ses amis. Jolifleur fait partie du conseil municipal. Tous les deux sont convaincus qu'il y a des possibilités. Mais ceci est un secret.

— Ah bon ! Un secret ?

— Je ne peux pas vous en parler, ce n'est pas le mien. Il s'agit des fermes inoccupées de l'autre côté de Saint-Didier et du développement de la fabrique de conserves. A vrai dire, toute l'affaire réside dans les asperges.

— Dans les asperges ? s'écria Shaïbine surpris et il eut soudain envie d'éclater de rire.

— Oui, mais je crois que j'ai déjà trop parlé.

— Trop parlé ? Votre chance, Ilya, qui est aussi mon malheur, c'est que vous n'arrivez pas à vous exprimer jusqu'au bout ! Mais attendez, laissez-moi vous écouter encore un peu. C'est à cause des asperges que votre propre frère veut s'enfuir en Russie ?

— Lui en Russie, et vous à Paris, dit Ilya sèchement, je vous ai déjà dit que tous les deux vous vous ressemblez. Seulement, lui est en retard : il ne peut vous ressembler puisqu'il est de ma génération. Pourquoi serait-il condamné à souffrir comme vous le faites ?

Shaïbine haussa les épaules.

— Et pourtant, vous pensez tous qu'on peut le retenir. Vous partez à Paris ; cela veut-il dire que vous avez un espoir ?

— Je n'espère rien du tout, Alexeï Ivanovitch. Il faut tout essayer, de sorte que j'essaye.

— Vous n'y allez que pour ça ?

— Non, pas seulement.

Ilya rougit.

— J'y vais pour revoir Niousha. Mais ce n'est pas seulement pour cela.

Une femme passa dans le couloir, le mouvement du train la faisait tituber. Son visage verdâtre aux yeux noirs parut derrière la vitre qui les séparait du couloir. Un long silence s'établit entre eux. La femme eut le temps de faire le chemin inverse.

— Cela signifie que Vassia est aussi le "dernier" ? demanda soudain Shaïbine en se penchant vers Ilya.

— Dans votre bouche, ce terme semble venir tout droit de l'Evangile, Alexeï Ivanovitch.

— Répondez-moi.

— Oui, le "dernier".

— Et malgré tout, vous voulez tout faire pour lui ? Attendez... peut-être que pour moi vous ferez tout aussi ? Peut-être qu'hier vous avez tout arrangé et que ce voyage n'est pas dû au hasard ? Et toute cette conversation n'est qu'une tactique de votre part ?

— Je n'espère rien du tout, Alexeï Ivanovitch. Ce sont les années qui m'ont appris à agir sans aucune espérance. Sans doute qu'avant, tout ceci aurait paru impossible. Maintenant tout est changé. Oui, et pour vous aussi... il faut tout faire. Mais là, vous savez que je ne suis pas seul.

Ilya se souvint alors comment ils se tenaient, Véra Kirilovna et lui, la veille, au clair de lune, et comment il avait déposé, par deux fois, un baiser sur ses cheveux soyeux.

Il ne voyait plus maintenant le visage d'Alexeï Shaïbine. Quelques minutes passèrent.

— Vous, Ilya, vous êtes un homme incroyablement bon, comme Niousha le dit de vous, articula enfin Shaïbine, ému. Je ne sais pas si je dois vous remercier, ou vous faire des reproches pour ne pas m'avoir tout dit.

Il se leva et croisa son pardessus. La pensée de l'aube septentrionale qui allait bientôt poindre lui inspira un sentiment de mélancolie. Il se dirigea vers la porte. Tintamarre des roues ! Sifflement des rails !

— Alexeï Ivanovitch, c'est comment l'Afrique ? demanda soudain Ilya.

— C'est un endroit où chacun peut aller n'importe quand.

— Vous ne voulez pas me parler de votre vie là-bas ?

— Non.

— Vous étiez dans la Légion étrangère ?

— Oui.

— Comment avez-vous réussi à vous en aller ?

— J'ai été libéré pour raison de santé.

— De quoi souffrez-vous ?

— Le cœur.

— Vous vous sentiez mal ?

— Je vous ai déjà dit que je ne voulais pas en parler.

— Alors, répondez-moi. Y a-t-il une possibilité d'en faire venir des gens pour travailler, parmi ceux qui sont en fin de contrat ?

Shaïbine le regarda fixement.

Il alla s'asseoir à sa place. Il voulait faire le bilan : de quoi avaient-ils parlé véritablement ? Qu'avait-il appris qui l'avait, semble-t-il, transformé ? Niousha ? Oui, Niousha et quelque chose d'autre.

— Alors vous estimez que vous pourrez me sauver ? dit-il en l'air.

Ilya n'était pas habitué à de telles conversations. Shaïbine l'exténuait.

— Vous avez déjà, depuis longtemps, tout deviné, alors pourquoi poser tant de questions ?

— Qu'allez-vous faire de Niousha ? demanda Shaïbine, sentant qu'il ne pouvait plus s'arrêter.

Mais Ilya ne savait pas et ne voulait pas s'avouer vaincu. Il vit que le tremblement intérieur de Shaïbine devenait peu à peu visible – Shaïbine se mit à claquer des dents. Soudain, l'avenir parut à Ilya comme un tourbillon de sombres événements, qui se confondaient avec le vacarme du train de nuit et le rugissement de la locomotive. Il se représenta des rues obscures où il devrait errer, des maisons occupées à la fois par des inconnus et par les siens ; il ressentit très clairement la proximité de cette vie compliquée et que l'instant était proche où il pourrait saisir la main de Shaïbine, lui avouer l'inavouable et lui demander l'impossible.

CHAPITRE QUATRIÈME

SHAÏBINE OUVRIT le robinet : une eau bouillante jaillit dans le lavabo. La vapeur s'éleva dans la petite chambre poussiéreuse, embua le miroir et les vitres de la fenêtre de sorte que, pendant quelques minutes, on ne vit plus rien. Shaïbine ouvrit l'autre robinet et attendit que l'eau devienne tiède. Il se lava le visage, les mains et le cou et s'essuya avec une serviette rêche. Il fallait se dépêcher, il fallait absolument arriver à temps.

Il lissa avec une brosse humide ses cheveux poivre et sel qui se raréfiaient. Dieu qu'il détestait tous ces gestes indispensables ! Il changea de col, essuya avec ce qui se trouvait sous la main ses grosses bottines. Il avait peu de temps devant lui.

Mais Ilya, lui, était toujours dans sa chambre, qui jouxtait celle de Shaïbine.

La porte était fermée et le silence régnait de l'autre côté. Shaïbine se rendit à l'étage au-dessus. Personne ne l'avait suivi. Là, le couloir était un peu plus sombre, un lumignon était allumé tout au bout. Shaïbine faillit trébucher en heurtant une pile de draps qui avaient été retirés d'une chambre dont la porte était ouverte. Il longea deux fois le couloir à la recherche du numéro désiré. C'est là que se terminait son errance passée et qu'en commençait une nouvelle. Il frappa, mais personne ne lui répondit.

Il frappa de nouveau, essayant de ne pas se demander comment il allait entrer, ni de penser à ce qu'il allait dire – il y avait trop de fois où tout cela avait été débattu dans son esprit. "Elle n'est pas seule !" Cette affreuse pensée lui traversa l'esprit comme un éclair.

Et Shaïbine entra, repoussa la porte et la ferma à clé derrière lui.

Longtemps après, il se souvint de cette minute et ne put se rappeler rien d'autre que le bonheur et l'effroi. Et aussi, le pan d'une jupe rouge en soie qui dépassait de la porte mal fermée d'une armoire à glace.

Niousha était au lit sous un énorme édredon. Il faisait assez sombre dans la chambre et elle n'avait pas immédiatement tourné la tête vers la porte.

— Shaïbine ? dit-elle en dévisageant le visiteur. Quelle heure est-il ?

Il se taisait. Il faisait chaud dans cette chambre, l'air sentait le parfum et la cigarette. La chambre était jonchée d'affaires appartenant à Niousha : des sous-vêtements, ses bas, son sac à main, et même son chapeau et son manteau.

— Je te demande quelle heure il est. T'es devenu sourd, Aliosha ?

Il remarqua plus tard que son réveil se trouvait sur la table de nuit.

Elle rejeta l'édredon, mais resta allongée. C'est alors qu'il vit qu'elle s'était coupé les cheveux, qu'elle avait maigri, qu'elle était devenue tout autre.

— Je vois que tu es nerveux, dit-elle en levant les sourcils, accroche mon manteau au clou, mais donne-moi mon sac… Maintenant, tu peux t'asseoir dans le fauteuil.

Il lui tendit son sac. Elle mit du rouge à lèvres, alluma une cigarette et se cala un peu plus dans le lit. Elle avait des cheveux clairs qui frisottaient derrière ses oreilles, qui étaient petites et régulières – on aurait dit des roses-thé : diaphanes sur les bords et rose foncé à l'intérieur.

— Tu es ici pour longtemps, Aliosha ? demanda-t-elle en le dévisageant lentement jusqu'au moment où il s'assit. Tu arrives directement de Marseille ?

— Non, je suis passé chez les Gorbatov.

— Chez les Gorbatov ? Et alors ?

— Rien. Marianne va se marier.

— Elle épouse un marquis ?

— Non, un boucher.

— Et Ilya ? demanda-t-elle simplement.

— Ilya est ici.

— Ici ! s'écria-t-elle, se dressant sur son lit et laissant tomber sa cigarette sur le tapis. Depuis quand ?

— Je plaisante, dit-il en pâlissant. Il a l'intention de venir, il m'a prié de te saluer… Peut-être la semaine prochaine…

— Comme tu as vieilli ! dit-elle froidement. Dans tes lettres, il me semblait que tu étais resté le même.

La chambre était si exiguë que de son fauteuil, Shaïbine pouvait de sa main atteindre la table et de l'autre le lit. Où donnait la fenêtre derrière laquelle il faisait si sombre et si silencieux ? Tout cela commençait à l'inquiéter. Mais les affaires de Niousha étaient ici, tout près de lui. Ses affaires signifiaient énormément pour lui, des affaires qui avaient une telle importance pour lui, qui avaient un tel pouvoir sur lui et qui l'humiliaient tellement... Comme aucun être ne l'avait fait.

Il y avait là ses gants en veau glacé dont les poignets étaient brodés. Ils devaient être chauds et semblaient vivants ; il y avait aussi ses petits ciseaux à ongles dont elle ne pouvait se passer et qu'elle perdait sans cesse ; son châle de soie imprimé écossais, un livre relié en jaune, une lettre venant de quelqu'un ; ses bas clairs, jetés sur le dossier d'une chaise, pendaient dans les chaussures posées dessous, et sur le tas de rubans, de jarretelles et de dessous, on n'avait plus qu'une envie, c'était de respirer cette soie après y avoir enfoui son visage et de pleurer.

— Tu es venu vraiment très tôt, dit Niousha, j'étais encore en train de dormir.

Il baissa soudain la tête.

— Donne-moi ta main, dit-il, tu ne m'as pas encore dit bonjour.

Elle lui tendit sa main, douce et chaude, aux ongles courts et roses.

— Sais-tu pourquoi je suis venu ? demanda-t-il en déposant un baiser sur la paume de sa main. Je suis venu pour t'épouser.

Elle retira sa main et ferma les yeux.

— Aliosha, dit-elle, je te connais trop bien : je m'ennuie avec toi. Si je te réponds que je ne suis pas d'accord, tu vas devenir tout pâle et tu vas te mettre à me baiser les pieds. Si je te dis que je suis d'accord, toi… toi tu risques, malgré tout, de ne pas m'épouser.

— Tais-toi, tais-toi !

— Eh bien, malgré tout, je te dis "non". Et pas du tout parce que je ne peux te pardonner la mort de Liouba, ni parce qu'elle a laissé une petite fille, réfléchis à ce que cela représente à notre époque ! Et pas non plus parce que tu m'as quittée il y a trois ans. Je te dis "non" parce que je ne peux plus vivre avec des personnes comme toi : je te ressemble trop. Laisse-moi tranquille.

Shaïbine s'assit près d'elle sur le lit. Elle s'écarta de lui et tira l'édredon vers elle.

— Toute cette perturbation doit prendre fin, dit-elle ; ne me prends pas dans tes bras.

— Je te dégoûte ?

— Tu ne me comprends pas… Tu ne me dégoûtes pas. Tu es frère de mon âme et cela me gêne. Je ne me sens pas bien avec toi. Je n'en peux plus.

— Tu en aimes un autre ?

— Oui.

Elle se détourna d'un air sombre, ses cils effleurèrent l'oreiller.

— C'est Ilya ?

Shaïbine se pencha vers son visage. Il retrouvait à nouveau ces lèvres, ce menton fort et arrondi, ces yeux.

— J'aime Ilya, dit-elle.

A cet instant, il effleura ses lèvres. Elle se serra contre lui tout en gardant ses bras sous l'édredon. Il la serrait très fort contre lui, et elle se calma.

On pouvait juste deviner le temps qu'il faisait dehors car la fenêtre donnait sur un mur. C'est pourquoi aussi il y avait un tel silence : la rue était loin. Shaïbine lâcha Niousha et retourna s'asseoir dans le fauteuil ; ses mains tremblaient.

— Tu n'as aucune curiosité pour moi, dit-il, et sans curiosité, il n'y a pas d'amour.

Niousha ne bougeait pas.

— La tendresse existe, dit-elle doucement, la même que l'on éprouve pour soi-même. Mais, je te prie, ne m'embrasse plus de force, Aliosha, peut-on embrasser de force après nos baisers d'autrefois ?

Elle le regarda comme si elle voulait éveiller dans sa mémoire ces instants si chers et si terribles.

— Laisse-moi te revoir, dit-il d'une voix sourde.

Elle hocha la tête.

— Il n'y aura rien de tout cela. J'ai assez de soucis comme cela. Nous ne pouvons pas demeurer ensemble, nous sombrerons tous les deux.

— Alors quoi, tu veux te sauver ? demanda-t-il brusquement.

A ce moment-là elle le regardait avec tristesse.

— Je veux me sauver.

— Il ne s'agit pas de te sauver, mais de te faire entretenir, dit-il.

Elle ne répliqua pas. Elle remua la tête et fit tomber ses cheveux sur les yeux. Puis elle resta longtemps immobile. On aurait dit qu'elle ne respirait plus. Son corps ne bougeait plus sous la grossière couverture bleu ciel.

Alexeï Ivanovitch n'avait plus aucune raison de rester là. Il était temps pour lui de partir. Où cela ? Retourner à la gare, attraper le même train qui l'emmènerait vers le sud ? De telles démarches ne sont-elles pas risibles en général ? Shaïbine saisit un des gants de Niousha et le pressa contre son visage. N'y avait-il plus que cela qui lui restait ?

— Niousha, appela-t-il.

Elle tourna lentement la tête dans sa direction.

— Non, Aliosha, dit-elle d'un air hautain. Reste le "dernier" si tu veux. Moi, je ne veux pas. Je me débrouillerai toujours, je ne périrai pas. L'ancienne vie, c'est fini.

— Tu n'as pas besoin de moi ? demanda-t-il douloureusement.

Elle hocha la tête.

— J'ai besoin d'une réponse, dit-elle doucement, et toi aussi tu es dans le même brouillard que moi.

Une terrible tristesse le saisit alors. Il se leva, jeta le gant sur la table et fit un pas vers le lit.

— Ta réponse se trouve à l'étage au-dessous, dit-il avec vigueur, chambre trente-quatre. Il est arrivé aujourd'hui avec moi, et comme tu peux le voir, il n'a pas encore daigné te rendre visite.

Ses derniers mots furent à peine audibles. Il se retourna, heurta la chaise de son genou, ouvrit la porte et sortit. Niousha s'élança derrière lui en chemise de nuit et passa la tête dans le couloir.

— Aliosha ! s'écria-t-elle.

Shaïbine ne se retourna pas. Il descendit les trois étages, son cœur battait la chamade. En arrivant, il n'avait fait aucune attention à la ville, aux rues. Il descendit vers elles comme un ivrogne qui s'enfonce dans son enfer.

La journée était telle qu'elle promettait d'être. Un brouillard matinal s'accrochait aux maisons. L'asphalte était brillant. Il ne pleuvait pas, mais tout était humide : les bancs sur le boulevard, les réverbères et les pierres froides. Shaïbine passa devant deux ou trois boutiques, traversa une large avenue envahie par le son des klaxons et se dirigea le long de ruelles inconnues dans la direction où, pensait-il, se trouvait le cimetière.

Un pont sur lequel circulaient lourdement de bruyants autobus et tramways enjambait les sépultures. Cette voie aérienne coupait le cimetière en deux parties. Les rues, creusées dans divers quartiers de la ville, avaient toujours étonné Shaïbine. A Paris, il les avait vues dans les quartiers les plus idylliques, mais lorsqu'il avait visité Londres, non loin du pont royal, ces rues noires à deux étages de Whitechapel étaient restées dans sa mémoire comme un cauchemar oppressant.

Sous le pont, la verdure jaunie était immobile. Les sépultures serrées les unes contre les autres reposaient en silence.

Shaïbine prit la direction inverse, descendit le long du trottoir en pente et pénétra dans l'enceinte. Un corbillard attendait devant le portail. Assis sur le marchepied, des croque-morts chevelus, déjà ragaillardis par le bordeaux blanc qu'ils avaient avalé à jeun, discutaient de petits riens.

Shaïbine emprunta la première allée venue. Une odeur de jardins en putréfaction, où la terre avait été récemment nourrie de mégots et qu'on ne trouvait qu'en ville, imprégnait cet air où l'été, les oiseaux étouffent en silence. Une petite fille aux lunettes rondes, vêtue d'un imperméable court, marchait dans l'allée. Shaïbine s'arrêta et la suivit du regard. Il essayait de retrouver, en lui-même, une certaine fierté mortifiante – non, elle n'existait pas. L'absence de fierté et sa faculté de se dédoubler avaient souffert du temps. Tout, tout était marqué par le passage du temps : il l'avait blessée, il ne s'était pas retourné lorsqu'elle l'avait appelé dans le couloir, et maintenant il se trouvait dans le cimetière… Le temps était beau, un temps béni comme le considérait Ilya… Mais lui, lui Alexeï Shaïbine, il étouffait ! Il fut un temps où, avec une joyeuse insouciance, Niousha, elle aussi, y avait étouffé ; mais elle ne voulait plus étouffer, elle désirait le salut : quelqu'un au loin lui faisait miroiter de nouvelles lueurs rassurantes, quelqu'un avait insufflé de l'oxygène dans son manque de volonté.

Niousha revint dans sa chambre, alluma la lumière et, craintive, n'y croyant pas, elle entreprit de s'habiller. Le bas de soie sur lequel Shaïbine avait, peu de temps auparavant, voulu verser des larmes, était filé. Niousha fouilla dans l'armoire et en trouva un autre. Elle revêtit une courte robe de laine, lissa ses cheveux de son front vers ses oreilles où un peigne retenait d'abondants frisottis – il n'y avait pas si longtemps que Niousha se coiffait ainsi. Enfin, elle prit des chaussures marron à talons plats dont elle serra le crochet. Non, décidément, Ilya n'arrivait pas.

La chambre en désordre, encore éclairée à l'électricité à onze heures du matin, était insupportable. Les gestes de Niousha étaient brusques. Elle était grande et maigre, ses jambes étaient trop minces et elle avait sans doute de frêles épaules. Une ou deux fois, elle jeta un regard sur la glace. Il y avait en elle quelque chose d'inexplicablement simple, modeste et lumineux, malgré des lèvres rouges charnues et des cils charbonneux. Se serait-elle habillée trop vite ? Inconsciemment, elle essayait de prolonger le temps. Elle relut le petit mot qui traînait depuis la veille sur la table :

"Je suis venu hier à neuf heures et demie comme convenu. J'attends votre coup de téléphone. J'estime que tout mensonge doit avoir une fin. Si vous ne pouviez pas être chez vous hier, il était inutile de me bourrer le crâne.

A. K."

Ilya n'était toujours pas là.

Soudain, elle s'agita, enfila son manteau de fourrure, éteignit la lumière et ouvrit les rideaux – un jour morne envahit la chambre. Elle avança jusqu'à la porte, revint sur ses pas, prit un mouchoir sur la table de nuit et le serra en boule. Enfin, jetant un regard distrait sur le lit défait, elle sortit. Non, il n'y avait personne dans l'escalier.

Un doute subsistait en elle lorsqu'elle descendit. Sur son passage une bouffée de parfum flottait encore. Insouciante, elle traversa le hall désert, car elle savait qu'à cette heure, elle ne risquait de rencontrer aucun de ceux qui vivaient là : Bertha, Natasha et Meritchka dormaient encore. Pourtant la femme de chambre l'avait entendue passer. Elle sortit de la chambre qu'avait occupée Shaïbine et, voyant qu'on frappait sur la porte voisine, elle dit :

— Monsieur n'est pas chez lui.

Un silence profond régnait derrière la porte – c'est ce qu'il sembla à Niousha.

— Il est sorti ? demanda-t-elle, son manteau de fourrure ayant glissé de son épaule.

— Monsieur est absent, répéta la femme de chambre, il n'a même pas défait sa valise.

Elles se tinrent face à face pendant une demi-minute. Puis la femme de chambre remit en place le fichu qui lui couvrait la tête et le balai chuinta à nouveau sur la moquette.

La clé était dans la serrure ; comme absente, Niousha la tourna et entra. Ilya n'avait touché à rien, si ce n'est une serviette qui avait servi et qui traînait par terre. La valise avait été jetée sur le lit. Niousha, qui n'avait pas fermé la porte, fit deux pas en direction de la valise. Elle était fermée à clé. Elle l'ouvrit. Sur le dessus, elle trouva le mot de Marianne : "Iliousha ! Apporte-moi comme cadeau un savon à la violette, dont on se sert à Paris." Niousha laissa retomber le couvercle. L'idée lui vint qu'elle pourrait rester là à l'attendre, en s'asseyant sur la table et en posant ses pieds sur le fauteuil. Mais elle craignit qu'il ne revînt qu'à la tombée de la nuit. A vrai dire, elle ne comprit pas pourquoi elle se sentait soudain effrayée. Elle ressentait par-dessus tout une très forte et incompréhensible mélancolie.

Retenant son manteau, elle sortit de la chambre et descendit téléphoner. Tout comme hier, il y avait là des gens qui s'activaient dans une odeur de cuisine. Niousha s'approcha du téléphone et prit le récepteur en main : elle avait des affaires à régler qu'elle ne pouvait absolument pas remettre. Elle devait impérativement répondre à Adolphe Kellerman au sujet de la petite note qu'il lui avait laissée la veille.

CHAPITRE CINQUIÈME

ILYA AVAIT FAIM. L'air était mauve, alourdi par les fumées citadines. Poussé par le vent, il s'abattait sur ses épaules de toute l'humidité statique recueillie dans les rues pavées. Il était une heure de l'après-midi. Il n'y avait pas de restaurants dans ce riche quartier résidentiel, et même s'ils avaient existé, Ilya ne se serait pas risqué à y entrer. Il ne savait pas trop où déjeuner. Le mieux était de revenir place Clichy, et là, non loin de l'hôtel, il pourrait toujours trouver de quoi se restaurer. C'est ce qu'il fit.

Finalement, tout était devenu très clair pour lui. Il n'avait pas menti à Shaïbine et, à vrai dire, il n'espérait plus voir Kellerman lâcher Vassia. Il était content que toute l'affaire n'eût pas été jusqu'aux pourparlers ; ils n'avaient pas discuté, ils n'avaient pas exigé de concessions mutuelles au nom des sentiments paternels de Stepan Vassilievitch. Pas un seul mot n'avait été prononcé au sujet de Vassia, pas plus qu'au sujet de la paternité qui donnait à Gorbatov quelques droits. Kellerman lui-même avait réduit la conversation à sa plus simple expression : la politique. Et cela était bien.

Ce n'était pas pour régler des affaires familiales qu'Ilya avait quitté la ferme provençale. Il y avait longtemps qu'on lui avait écrit qu'à Paris une activité régulière avait été entreprise parmi les personnes qui attendaient de la terre – un travail minutieux, un travail souterrain – et depuis longtemps, Ilya avait compris qu'Adolphe et son propre père étaient unis dans cette activité, que la capture de Vassia était en quelque sorte le début victorieux de leur action. Pourtant les preuves ne parvenaient pas jusqu'au lointain département du Vaucluse.

Il y avait une chose à laquelle Ilya croyait fermement : c'était l'honnêteté de Vassia. Une demi-heure avant le départ d'Ilya à Paris, Vassia avait eu le temps de lui remettre un chèque et de lui donner un message quelque peu incohérent et précipité pour Kellerman. Ilya le lui remettrait.

Il était entré dans le restaurant. On lui fit une place dans un coin près de la fenêtre d'où il pouvait voir, derrière le rideau crasseux entrouvert, le trottoir et la partie étroite de la rue. Près de lui, dans la fumée émanant de la cuisine toute proche, des jeunes filles et des ouvriers déjeunaient d'un air sérieux en sauçant leur assiette d'un morceau de mie de pain.

Pour eux, c'était la routine ; pour Ilya une fête étrange et sans joie. Il était en ville, un peu enivré par le bruit et le manque d'air. Comment était le ciel aujourd'hui ? Il ne l'avait pas encore vu. L'atmosphère était humide et il y avait du vent. De telles journées étaient loin d'être rares, en particulier en automne. Mais Ilya n'y était pas habitué.

Il commanda une salade de pommes de terre et un bifteck très cuit : les gens de la campagne ont des difficultés à manger de la viande rouge. Ayant avalé son bifteck, il en commanda un second – ses voisins le regardèrent avec bienveillance et respect. Puis on lui servit du fromage et un dessert. Il offrit du vin à ses voisins.

Il devait encore se rendre dans deux autres endroits, mais il décida de remettre les deux affaires au lendemain. Demain serait un dimanche – il aurait le temps d'accomplir les deux visites et de voir les personnes en question. Pour le moment, il avait une très forte envie de dormir. Cela faisait deux nuits qu'il n'avait presque pas dormi. La nuit précédente, c'est Shaïbine qui l'en avait empêché. Ilya ne savait que penser de Shaïbine, néanmoins, il sentait que le plus difficile était passé.

Une fois dans sa chambre, il ouvrit sa valise – le petit mot de Marianne se trouvait sur le dessus : "Iliousha ! Apporte-moi comme cadeau un savon à la violette, dont on se sert à Paris." Il éparpilla un peu partout sa chemise de nuit, son rasoir, le savon, les mouchoirs, sa brosse à cheveux ; il enleva son veston et ses chaussures et s'effondra sur le lit. C'est alors qu'il aperçut au-dessus du toit, en face, un petit coin de ciel : c'était le bord immobile d'un nuage. Ilya s'endormit aussitôt.

Il ne bougea plus pendant deux ou trois heures. La lumière devenait crépusculaire dans la chambre. Ilya reposait sur le dos, les lèvres entrouvertes, les bras en croix. A l'autre bout du lit ses pieds, dont il n'avait pas enlevé les chaussettes grises et rayées, dépassaient... La femme, qui entra dans la chambre sans frapper et qui s'assit près de la table, les fixa. Puis, ayant fouillé dans les poches du veston d'Ilya, elle y trouva des allumettes et se mit à fumer.

Elle resta assise longtemps. On entendait l'eau s'écouler dans les canalisations ; la nuit tombait, la rue devenait silencieuse. La femme se voyait dans la glace de l'armoire et cela la distrayait. Elle portait, comme le matin, la même robe sombre et des chaussures marron. Elle eut le temps de faire le compte des fleurs ternes qui décoraient le papier peint et de relire la petite note de Marianne. Elle était assise et fumait. Pour rien au monde elle n'aurait réveillé Ilya.

Pour commencer, elle n'avait rien de particulier à faire, de sorte qu'elle pouvait rester assise là jusqu'au soir. Le soir, ou plutôt la nuit, elle était occupée ; elle se produisait au Palais des Boyards. Avec son partenaire, Liosha, elle dansait un tango argentin dans une robe noire fermée jusqu'à la gorge et ouverte dans le dos. Liosha lui tordait le petit doigt dans un geste de mépris – leurs relations se bornaient à cela. Des Américains ou des Allemands (à première vue qui aurait pu penser cela ?) emmenaient Liosha dans des bouges ou encore l'entraînaient dans des hôtels du quartier. Liosha s'enrichissait. On disait qu'il mettait de l'argent de côté pour faire venir sa mère à Paris.

Niousha se bornait à danser son tango argentin. Si seulement elle avait essayé, elle aurait pu danser quelque chose d'autre, ou même chanter.

Ensuite, elle retirait sa robe noire, mettait un autre vêtement avec des manches et entreprenait de vendre des poupées ; elle passait entre les tables avec un grand panier plat rempli de poupées molles, habillées de robes en brocart, aux visages peinturlurés par Rastoropenko dans son atelier (on disait, entre autres, qu'il était en train de faire faillite). On se moquait de Niousha au Palais des Boyards et aussi dans d'autres établissements ; à la Troïka, au Caveau, à l'Oussad'ba. Lorsqu'elle venait manger au Zanzibar, on lui disait qu'elle se déconsidérait et que bientôt on n'allait plus la qualifier d'artiste. On s'étonnait aussi d'autre chose : elle ne s'asseyait jamais à aucune table, elle ne faisait que son travail.

Elle arrivait vers deux heures du matin au Zanzibar, après la fermeture du Palais des Boyards. Là, elle attendait Bertha, Natasha et Meritchka qui venaient de différents endroits ; Natasha venait directement du trottoir. Ses affaires périclitaient. Là, elles dînaient. Henri, le serveur aux cheveux roux, se démenait entre la moutarde et la salade, posait bruyamment la tasse sur la soucoupe et, soulevant le coude, il versait le café d'un jet couleur châtaigne, tandis que de l'autre main, il présentait le briquet à quelqu'un pour rallumer une cigarette. C'était là que Niousha passait une heure ou deux avant de retourner à l'hôtel Celtique, souvent d'une humeur un peu inquiète. Les semaines passaient, des lettres arrivaient d'Afrique, de Provence et Adolphe Kellerman écrivait des petits mots. La vie allait son train.

Niousha était assise, entourée d'une épaisse fumée : celle de trois cigarettes. Il faisait nuit derrière la vitre. Sans allumer l'électricité, elle s'approcha du lit et se pencha au-dessus d'Ilya. C'est seulement alors qu'il ouvrit les yeux.

— Bonjour Ilya, dit-elle d'un air égaré.

Il lui prit les mains, se poussa dans le lit et la força d'abord à s'asseoir, puis à s'allonger près de lui.

— Il y a longtemps que vous attendez ? demanda-t-il en la regardant bien en face : un visage sombre sur l'oreiller blanc.

— Oui.

— Pourquoi ne m'avez-vous pas réveillé ?

Ne sachant que répondre, elle ferma les yeux. Doucement et sans rien dire, il lui caressa l'épaule et les côtes. Elle fit un effort pour ne pas bouger. Il effleura ses cheveux lisses sur le front et retenus sur la nuque ; tous deux étaient incapables de parler. Ils restèrent longtemps allongés dans les bras l'un de l'autre et leur souffle réciproque avait réchauffé leurs visages.

Niousha dit :

— Je vais vous embrasser, Ilya, je suis si heureuse.

Elle s'approcha de lui, l'embrassa sur le front, sur les yeux et il lui déposa un baiser sur la main. Elle le dévisageait, l'air éblouie. Elle apercevait dans l'obscurité son large visage qui lui semblait taillé dans la pierre. Seuls les yeux d'Ilya brillaient d'un vif éclat.

— Voulez-vous partir avec moi après-demain ? demanda Ilya.

— Comme votre épouse aimante ?

— Non.

— Je ne peux pas, dit-elle enfouissant son visage dans sa vaste poitrine, je ne veux pas vous mentir : je n'ai pas la force pour cela.

Il regardait par-dessus son épaule ses objets éparpillés qui, tout à coup, se retrouvaient avec lui à Paris ! Il les fixa sans ciller jusqu'à ce que ses yeux se lassent.

— Il faudrait peut-être allumer ? demanda-t-il.

— Ce n'est pas la peine.

Il lui semblait qu'elle sentait l'abricot. Elle était allongée, ayant légèrement relevé ses genoux, comme si elle réchauffait ses mains tout près de son cœur.

— Pourquoi est-ce si agréable de se taire auprès de vous, Ilya ? dit-elle sans attendre véritablement de réponse de sa part. Vous êtes pour moi une véritable "énigme". Elle sourit au moment où elle disait cela. Vous ne m'aimez pas ? Vous n'aimez personne ? Ne me répondez pas, je vois encore mieux en vous lorsque vous vous taisez.

Elle écarta doucement la tête de sa poitrine et se mit à le dévisager. Elle étendit lentement son bras et le prit par le cou.

— Où voulez-vous m'emmener ? Où voulez-vous me faire partir sans vous, mon cher ami ? dit-elle tendrement, et soudain ses yeux se remplirent de larmes. Pensez-vous vraiment que je puisse vivre auprès de vous et ne pas souffrir ? Croyez-vous vraiment que je puisse vivre seule et ne pas me perdre ? Personne, parmi nous...

— Parmi vous ?

— Parmi nous : les "derniers". Et si quelqu'un ne veut pas se perdre, Ilya (il y en a qui ne le veulent pas), celui-là cherche une main secourable... Donnez-moi votre main.

Ilya lui serra la main, elle était légèrement humide.

— Vous n'êtes pas rude, vous n'êtes pas froid, pourquoi ne m'aimez-vous pas ? Prenez un instant pour me voir. Voilà, je veux me sauver, me sauver par l'amour et je vous ai trouvé. Et vous... Quel âge avez-vous ?

— Vingt-cinq.

— Oui, c'est jeune. C'est pourquoi je suis si franche avec vous. J'aime que vous ne puissiez pas me comparer avec quelqu'un d'autre, je m'en sens toute fière. J'ai l'illusion d'être unique, et à vrai dire, je ne suis nullement vôtre. Vous ne trouvez pas cela drôle que nous soyons là, allongés dans l'obscurité ? Que je sois là à vous étreindre ? Je crois que vous vouliez allumer la lumière ?

— Non, laissez.

— Votre famille serait bien étonnée de me voir arriver. Votre belle-mère ne me laisserait pas entrer.

— Elle m'a demandé si elle devait vous attendre.

Niousha s'écarta légèrement de lui.

— Vous ne dites pas la vérité.

— Si, je dis la vérité. Elle pensait que j'allais vous amener.

— Elle ne me déteste pas ? Elle ne… Excusez-moi, Ilya, je pensais qu'elle me considérait comme fautive de tout.

— Ce n'est pas de votre faute si Shaïbine vous aime.

Niousha s'écarta de lui, lâcha son cou et se couvrit le visage de son bras. Sa manchette en dentelle jeta un éclair blanc dans l'obscurité.

— Comment avez-vous pu dire cela ! dit-elle douloureusement. Je suis coupable de tout, absolument de tout. De ses trois années en Afrique, de la mort de ma sœur, j'ai tout cela sur la conscience. Et encore autre chose, beaucoup d'autres choses… Et puis, à quoi bon pour vous de le savoir ? Et même sans cela vous avez pitié de moi.

Elle jeta à nouveau un regard vers lui et vit que ses lèvres étaient légèrement écartées.

— Vous devez partir d'ici, murmura Ilya, ayant saisi son regard.

Elle eut un petit rire amer.

— Où cela ? Là-bas chez vous, il n'y a sans doute pas de coiffeur pour me couper les cheveux.

Elle s'agita sur le grand lit et mit ses bras derrière sa tête.

— Je ne dois ni partir ni rester, comprenez-vous ? dit-elle avec une certaine rudesse dans la voix. Il m'est impossible de vivre. Pourtant, je veux vivre, je veux me sauver. Or il se trouve que je ne sais où me fourrer.

Ilya lui serra les deux mains avec fougue.

— Vous n'avez pas le droit, taisez-vous ! Je vous défends de parler ainsi ! dit-il avec force, se penchant vers elle. Si vous osez le dire encore !... Comprenez-vous seulement ce que vous dites ? Ecoutez-moi : vous partirez d'ici ; un temps passera, peut-être même très court, et votre vie va changer. Vous avez peur de votre avenir. Mais savez-vous seulement ce qu'est le destin ? Tous autour de vous craignent pour leur avenir, mais ils vont bientôt cesser de le craindre, ils vont cesser ! Ayez confiance en moi – vous ne m'avez pas totalement fait confiance. Tout va changer, tout arrivera... Vous ne savez pas à quel point... Mais ne cherchez pas de l'aide. Ce ne sont pas les gens qui vous sauveront, vous devez vous sauver vous-même si vraiment vous le désirez, et peut-être que grâce à vous quelqu'un d'autre retrouvera du courage. Mon amie, ma pauvre, comme j'aimerais que vous puissiez croire en moi !

Elle se taisait, impuissante.

— Alors, je dois croire en vous, murmura-t-elle, ouvrant les yeux et regardant dans le vide. Mais pourquoi, pourquoi ? Vous m'avez ôté tout espoir. Figurez-vous que jusqu'à aujourd'hui, j'ai espéré dans nos retrouvailles. Nous n'avons pas véritablement compris ce que contenaient vos lettres ; vous ne me donnez pas d'amour. Elle rapprocha de nouveau son visage du sien : Et voilà que maintenant vous voulez que je vous croie.

Elle se pencha lentement, lui laissant le temps de faire un mouvement presque imperceptible qu'elle ne manqua pas de remarquer, puis, tendrement et pudiquement, elle l'embrassa sur la bouche. Il ferma les yeux.

— Jamais, avec personne ? demanda-t-elle tout bas.

— Jamais.

— Mais est-ce possible ?

— Niousha, chérie, que me demandez-vous là ? Qu'est-ce que j'en sais ? C'est simple. Ça ne s'est pas véritablement présenté, je n'en avais pas envie. Je n'en sais rien. Je suis peut-être laid, invalide, je n'en sais rien. Excusez-moi.

Elle glissa du lit, alluma la lumière et inconsciemment s'approcha de la glace.

Inquiète et timide, elle se regarda droit dans les yeux.

— Qu'avez-vous répondu à votre belle-mère lorsqu'elle vous a posé des questions sur moi ?

— Je lui ai dit que vous ne viendriez pas.

— Alors pourquoi m'avez-vous appelée ?

— J'ai pu me tromper, mais comme vous le voyez, ce n'est pas le cas.

— De nouveau, vous ne vous êtes pas trompé. Alors, vous affirmez que je vais me sauver ?

— Absolument, vous allez vous sauver.

— Mon Dieu, faites qu'il ne se trompe pas cette fois-ci et ayez pitié de moi !

Ilya était toujours couché ; il se frotta le visage contre l'oreiller qui sentait l'abricot.

— Qu'allez-vous faire de moi ce soir ? demanda Niousha.

— Nous irons dîner, dit-il, et puis nous irons nous promener… dans un jardin quelconque.

— Les jardins sont fermés. Et puis le temps ne s'y prête pas.

Elle s'approcha de lui. Une plume pointait à travers le tissu rêche de la taie d'oreiller, une de ces plumes dont on bourre les coussins. Elle s'en saisit. Sans bouger, Ilya observait ses doigts.

— Vous est-il arrivé dans votre enfance de saisir de ces petits bouts pointus de plume, de les tirer avec appréhension et soudain, une merveilleuse et jolie plume se trouvait dans votre main, venue au monde dans un vieux matelas ?

Elle tira le petit bout de plume et voilà qu'une plume toute lisse et grise sortit de l'oreiller.

— C'est ainsi que cela arrive, dit Niousha en souriant. Ilya sourit aussi. Bon, maintenant je vais aller me changer, soyez prêt. On ira dîner.

Elle sortit. La pendule du rez-de-chaussée sonna sept heures. Au-dessus de sa tête, Ilya entendit Niousha marcher. Puis tout devint silencieux. C'est à ce moment-là qu'un flot de toutes ces pensées, de tous ces sentiments qui l'avaient inconsciemment habité ces dernières heures, l'envahit. Il ferma les yeux. Ses paupières étaient chaudes. Il prit la plume que Niousha avait jetée et se la passa sur les yeux. On aurait dit que des cils soyeux avaient effleuré ses paupières. "Maman !" prononça-t-il à voix haute. Et tout prit fin. Il sauta du lit, mit ses chaussures et lissa ses cheveux.

Cette soirée du 22 septembre se transforma dans la mémoire d'Ilya en un rêve. Il ne lui en resta que très peu de choses : les yeux tristes de Niousha, les bougies en face de lui dans le bruyant petit restaurant et le dîner silencieux, le froid des rues, l'éclat des lumières, une main de femme dans la sienne (il ne portait jamais de gants) et enfin un magicien. Avaient-ils été au cirque ou dans une foire ?

Il y avait eu un petit Japonais dans la foire. Il avait six ans, il portait des pantalons roses, qui peu à peu se mouillaient sur le devant, tandis que l'enfant effectuait ses acrobaties compliquées. Finalement, le petit Japonais fut emporté : sous le trapèze il y avait une mare.

Niousha riait et pleurait un peu. Bras dessus, bras dessous, ils rentrèrent chez eux. Il était onze heures ; le moment était venu pour Niousha d'aller travailler et de danser son tango argentin.

Que cette triste soirée avec Niousha devienne un rêve pour Ilya ! Que maintenant, dans la laborieuse Provence où la terre aime tellement la main de l'homme, il ne se souvienne plus si elle pleurait ou si elle riait lorsqu'elle passa le seuil de la porte de la chambre numéro trente-quatre, qu'il oublie ces froides heures vespérales ! Mais que cinquante ans plus tard, tout ce qui fut dans notre brumeuse jeunesse devienne pour lui un lumineux et mystérieux souvenir. Que maintenant et dans cinquante ans (il vivrait vraisemblablement longtemps), il se souvienne seulement de ces fraîches matinées dominicales et de ces rencontres – désirées ou non – dans un des quartiers parisiens. Oui, on ne doit pas les oublier. Il est impossible de les oublier ! Celui qui fut là-bas, celui qui avait vu ceux-là, celui-là conservera pour toujours, ne serait-ce qu'en secret, le souvenir de l'offense et de la douleur, qui n'eurent pas leurs pareilles au monde. Et que, dans sa maturité, le souvenir de cette matinée de septembre vienne, comme une flèche acérée, transpercer les pensées d'Ilya Gorbatov ; que dans sa vieillesse, lorsque viendraient se superposer les souvenirs d'une vie difficile et ardente, la pensée de cette amère promenade ne puisse s'effacer ! Oui, Ilya, vous aurez des petits-enfants. Vous leur transmettrez cette réalité en la leur racontant. Invitez vos arrière-petits-enfants, qu'ils écoutent cette fable, plus effrayante que celle de la Barbe bleue, plus terrible que tous les contes qui existent et que peut-être, compte tenu de leur âge, il vaudrait mieux ne pas leur raconter. Et lorsque votre tombe vous apparaîtra en rêve et que vous voudrez, tel un vieillard impuissant, retrouver ceux qui dans leurs promenades se sont égarés dans ces sombres lieux, alors Paris deviendra, pour vous qui aurez survécu avec un cœur délabré, le mot de passe. Que tout puisse demeurer dans votre cœur. Celui qui n'en aura pas été le témoin, celui-là ne croira pas à votre histoire, Ilya. Même Véra Kirilovna, aujourd'hui exilée dans des contrées étrangères, ne vous croira pas. Cette fable devra devenir célèbre dans le monde entier.

Ce matin-là était frais et gris ; les nuages en lambeaux rendaient le ciel étrangement bigarré ; les passants se bousculaient, les automobiles circulaient en tous sens. Le vent venu de la Manche soufflait en rafales et s'engouffrait dans les branches des platanes. Les boulevards, qui déroulaient une superbe courbe, disparaissaient dans un espace bleuâtre.

Vers neuf heures, Ilya sortit et se dirigea à pied à travers la ville, là où vivaient les “nôtres”. Il avait besoin d'exercice : l'asphalte des trottoirs ne parvenait pas à épuiser ses solides jambes.

Les “nôtres” vivaient selon leurs moyens dans les quartiers les plus divers de Paris et aussi dans la banlieue. Ceux vers qui Ilya se rendit habitaient près des meilleurs coins de la capitale : l’Ecole militaire, le Champ-de-Mars. A vrai dire, le Champ-de-Mars n’était pas tout près : une demi-heure et plus de marche. Là, d’une façon tout à fait inattendue, se trouvaient également de véritables taudis. Les rues qu’il longeait étaient pour la plupart des rues commerçantes. On y trouvait surtout des magasins d’alimentation et de chaussures. Les éventaires ployaient sous les pommes ; les sandales en toile s’étalaient sur le devant des boutiques et cela presque jusqu’aux trottoirs. Les jours fériés, le commerce battait son plein : la population désœuvrée déambulait sur la chaussée, ne sachant comment tuer le temps. Des rues pavées bien plus calmes aux maisons à deux étages, aux façades écaillées, aux portails en bois et aux fontaines publiques leur succédèrent. Ensuite se présentèrent des impasses désertes et silencieuses, assez inusitées pour Paris.

Le bourdonnement et le rugissement des moteurs ne parvenaient pas jusqu’à ce quartier. On y côtoyait la misère sous un ciel nuageux. Les fenêtres aux vitres sales ne comportaient pas de rideaux, mais on ne pouvait rien distinguer à travers elles. A vrai dire tant mieux. A quoi bon s'observer les uns les autres ? Un chat de gouttière se faufila d'une porte cochère à une autre. Ilya s'arrêta, jeta un regard sur le numéro de la maison. Une charrette à bras chargée de chaises paillées trouées stationnait sur la chaussée.

Oui, c'était bien la maison où il devait se rendre. Sous la porte cochère se trouvait l'entrée du cabaret *La Ville de Kiev*. Une poubelle en tôle pleine d'ordures trônait près de la porte. Tout ce que la poubelle ne pouvait plus contenir était entassé à côté : des cendres de cheminée, un bouquet de fleurs fanées, des boîtes de conserve vides. Au-dessus de ce tas d'immondices, dans la puanteur des œillets pourrissants, une petite fille maigre, âgée d'une dizaine d'années, et un petit garçon un peu plus jeune qu'elle fouillaient en silence parmi des objets à la nature suspecte.

La petite fille se coupa le doigt avec le bord d'une boîte de conserve et suça patiemment le sang qui perlait ; le garçon la surveillait d'un œil.

— Que faites-vous ici ? demanda Ilya tandis qu'une sueur froide lui perlait sur le front et dans le cou.

La fillette leva sur lui des yeux timides d'enfant affamée. Ses cheveux étaient séparés en deux petites nattes, mais elle était mal habillée et sale.

— On cherche des fleurs, dit-elle d'un air malicieux en reprenant son occupation.

Le garçon n'avait même pas jeté un regard sur Ilya.

Oui, c'était bien la maison qu'il cherchait.

Le cuisinier au teint mat de la Ville de Kiev ouvrit soudain la porte. Dans la cuisine exiguë qu'Ilya entrevit, une fumée de graisse brûlée se répandait en volutes, empêchant de respirer. Le cuisinier entreprit de secouer le panier à salade, les gouttelettes volaient tout autour de lui.

— Fichez le camp, petits cafards ! s'écria-t-il à l'adresse des enfants, tandis qu'une volée d'épluchures de pommes de terre s'abattait tout près d'eux. Les enfants s'y précipitèrent aussitôt.

Ilya s'éloigna.

Une cour étroite au sol irrégulier, qui retenait ici et là des flaques d'eau, était bordée d'un côté par une maison à un seul étage. Un pavillon entouré d'un vieux muret en briques lui faisait face. Dans la partie la plus étroite de la cour se trouvaient les latrines. Près d'un auvent, assis sur un vieux journal, un homme rempaillait une chaise. C'était à lui, vraisemblablement, qu'appartenait la charrette à bras garée dans la rue. Ilya ne s'approcha pas tout de suite de l'homme. Il passa lentement le long des fenêtres du pavillon. Les gens y vivaient, non seulement au premier étage, mais aussi dans la cave, dont les ouvertures étaient au ras du sol, et lorsqu'on y jetait un coup d'œil on apercevait un sol en ciment et une quantité d'objets ménagers. Par une de ces fenêtres à la vitre brisée, un petit garçon blond, accroupi sur le rebord, regardait fixement au-dehors. Au fond de la pièce vide et au plafond bas, sur un maigre petit matelas, recouvert d'un manteau de l'armée, un autre petit garçon âgé d'environ sept ans reposait sur le dos, les yeux grands ouverts.

Il était allongé sans bouger et lui non plus ne quittait pas la fenêtre de ses immenses yeux rougis. Il était visible que l'enfant avait de la fièvre, une grosse fièvre : ses lèvres étaient entrouvertes et laissaient échapper à la fois un faible râle et une légère vapeur ; ses cheveux étaient collés par la transpiration et son front était couvert de sueur.

L'enfant qui se tenait au bord de la fenêtre retira avec précaution, de sa veste élimée, un petit canif cassé qui jeta un éclair.

— Pashka, Pashka ! Dis donc ! Moi, j'ai un canif, dit-il comme s'il voulait jouer.

Pashka remua doucement en agrandissant encore plus ses yeux noirs.

— Donne ! articula-t-il lentement.

L'enfant près de la fenêtre se mit à rire.

— Si tu meurs, qui va me le rendre ? demanda-t-il avec cupidité.

— Papa te le rendra, fit la petite voix de Pashka.

— Il ne me le rendra pas. Je préfère jouer encore un peu avec lui, et lorsque tu seras mort, je le mettrai dans ton cercueil.

Une ombre d'espoir passa dans les yeux de Pashka, il ébaucha un pauvre sourire.

— Tu ne mens pas ?

— Je te le jure.

— Tu mens. Une fois dans l'autre monde, je viendrai te faire peur, t'entends ?

Toutes ces paroles finirent par l'exténuer. Il remua encore sous le manteau quelques instants, puis se calma.

— Qui est-ce ? demanda Ilya.

— C'est Pashka, répondit l'enfant, sans détacher son regard soucieux de la fenêtre.

Derrière la fenêtre, deux femmes étaient occupées à coudre. L'une d'elles était encore jeune. Elle n'avait pas relevé la tête lorsque Ilya s'était arrêté. La vieille, plus inquiète, avait posé son travail sur ses genoux.

— Où pourrais-je trouver Rastoropenko ? cria Ilya assez fort pour qu'on puisse l'entendre à travers la vitre.

— Plus loin, plus loin, cria la vieille en lui faisant un signe de la main.

Plus loin se trouvait une porte basse menant à un atelier de cordonnerie. Là, un homme assis, dos au cordonnier, manipulait les pièces éparpillées d'une pendule.

On était pourtant bien un dimanche, mais à vrai dire le cordonnier n'en avait cure. Avec une sorte de désespoir douloureux, il tapait du marteau sur le talon d'une vieille chaussure de dame.

— Aujourd'hui, c'est fermé, dit l'horloger.

— Pourrais-je savoir où habite Rastoropenko ? demanda Ilya.

— Pour le savoir, vous allez le savoir tout de suite, répondit le bonhomme.

Il se leva de son tabouret, posa la pendule et, tenant les poids dans la main, il se dirigea vers la porte pour montrer à Ilya comment se rendre dans l'appartement qu'il cherchait.

— Si c'est pour les parquets à cirer, ils ne le font plus, dit l'homme en atteignant la porte.

— Non, j'arrive de province.

A cet instant, le cordonnier cessa soudain de taper, et, plissant les yeux, regarda Ilya.

— Ne venez-vous pas à propos de notre voyage ? lui demanda le cordonnier, soudain intimidé, en laissant tomber les clous de sa bouche.

Ilya fit un signe de tête. Les deux hommes confus le regardèrent soudain avec étonnement.

— Vous êtes arrivé tout seul ? demandèrent-ils à l'unisson. Alors, c'est pour bientôt ? Va-t-on nous donner des frais de déplacement ?

Ilya fit à nouveau un signe de tête.

— On vous en donnera. Je dois rencontrer quelqu'un de chez les Rastoropenko. Pouvez-vous m'y conduire ?

— On vous conduira chez Rastoropenko, pourquoi pas ? s'affaira le cordonnier. Je me demande comment j'ai pu vous reconnaître, hein ? Incroyable, en voilà une coïncidence !

L'horloger était plus calme. Il prit Ilya par la manche et s'empressa de le mener à travers la cour.

— De la province ! Hein ! En voilà un mot ! Vous avez oublié le mot de passe, bredouillait-il.

Le rempailleur assis sous l'auvent se joignit à eux. En gravissant un escalier raide muni d'une rampe en fer, Ilya eut l'impression que cinq personnes au moins l'avaient déjà rejoint.

— Pashka, eh ! Pashka, moi, j'ai un canif.

La voix enfantine venait de la cour.

L'appartement de Rastoropenko se réduisait à une seule pièce, longue, étroite et sale, et qui ne comportait pour tout mobilier qu'un vieux sommier défoncé, une table et deux chaises – la mère de Rastoropenko dormait à même le sol. Il ne leur fut pas facile d'entrer tous dans la pièce. Celle-ci était traversée dans sa largeur et à hauteur du visage par des fils de fer sur lesquels étaient accrochées, d'une manière méthodique, provocante, et même ostentatoire, des têtes peinturlurées de poupées. Il y en avait environ soixante-dix et toutes, elles souriaient d'un air triste. On ne pouvait distinguer rien d'autre dans la pièce que ces articles particulièrement déplaisants et de mauvais goût. Une poudre d'or voletait dans la chambre telles des paillettes solaires. Une odeur de térébenthine flottait. Rastoropenko, comme cela avait été dit à Ilya, ne cirait plus les parquets. En compagnie de sa femme et de sa mère, il avait entrepris d'exercer, temporairement, un nouveau métier, tout aussi peu lucratif.

— Penchez-vous bien, encore, pour que Dieu vous préserve de ne rien accrocher, lança la voix de la mère de Rastoropenko, qui ne voyait pas qui était entré mais devinait qu'il s'agissait de plusieurs personnes.

L'épouse de Rastoropenko, Marina Petrovna, une femme élancée, coiffée en hauteur, un peu empâtée et au teint mat, se trouva tout à coup à deux pas d'Ilya.

— Je... je suis Gorbatov, dit-il en enlevant sa casquette.

Elle dévisagea brièvement Ilya et les gens qui venaient d'entrer.

— Gorbatov... Entrez... Asseyez-vous...

Elle écarta sur le fil de fer les têtes des poupées et permit à Ilya d'avancer. Quelques personnes le suivirent ; il lui sembla qu'il y en avait d'autres dans l'escalier. Marina Petrovna attendit qu'Ilya prenne place, puis elle s'assit elle-même et se retrouva au centre de la pièce – mais cette fois, elle n'était plus intimidée.

— Voilà comment nous vivons, ne put-elle s'empêcher de dire d'une façon quelque peu hystérique. Avez-vous vu la cour ? Nous avons des enfants... On aurait mieux fait de ne pas en avoir !

Elle lui parlait comme à un étranger. Elle avait honte de quelque chose.

— Je suis venu vous annoncer, déclara Ilya, qu'à la fin de cette semaine vous pouvez commencer à vous préparer. Je retourne chez moi demain. L'argent du voyage vous sera aussitôt versé. C'est une affaire arrangée, comme je vous l'ai écrit. Je suis venu vous prévenir de vous tenir prêts.

A cet instant, il leva les yeux et les vit tous. C'étaient les "nôtres" venus de différents endroits de la cour. Tout un groupe se tenait sur le seuil de la porte, pas moins d'une dizaine de personnes. Elles s'écartèrent pour laisser entrer M. Rastoropenko.

— Cher Ilya Stepanovitch, excusez toute cette agitation, dit-il.

Il salua Ilya. Tous les deux se connaissaient bien sans s'être, pourtant, jamais rencontrés ; mais le projet de longue haleine qu'Ilya avait mis sur pied pour faire venir les Rastoropenko sur le domaine de Saint-Didier et la constante correspondance qui avait suivi avaient renforcé leurs relations très simples. Ils ne prirent presque pas le temps de se dévisager.

— Vous avez entendu ce qu'il a dit, s'exclama Marina Petrovna, on part, vous avez entendu ?

Il y eut un remue-ménage dans l'assistance. La vieille mère ramassa les poupées.

Derrière les fils de fer, des visages apparurent (pourquoi étaient-ils toujours aussi pâles ?)

— Et comment fera-t-on pour les vêtements ? entendit-on dans l'assistance.

— Si quelqu'un manque de vêtements, le nécessaire sera fait sur place, ce n'est pas difficile, répondit Ilya, pour les premiers temps vous recevrez tout ce qu'il vous faudra et même du bois de chauffage. C'est un projet tout nouveau et les Français ont beaucoup de cœur.

— C'est grâce à vous, Ilya Stepanovitch, qu'ils ont du cœur, ajouta Rastoropenko, nous le savons bien.

— Qui sont les donateurs ? interrogea une autre voix.

— Non, ce ne sont pas des donateurs : on vous fera une avance que vous rembourserez. C'est un projet qui a de l'avenir, comme je vous l'ai écrit. Il y a aussi des caisses de crédit agricole qui vous viendront en aide.

Les derniers arrivés essayaient de se pousser pour se mettre en avant.

— Que les ouvriers cessent de pousser, cria la vieille mère. Les ouvriers arrivent toujours pour se pousser des coudes.

Il y avait aussi des femmes dans l'assistance, celles qu'Ilya avait vues coudre auprès de leur fenêtre. Les hommes étaient au complet. C'était comme s'ils étaient venus directement de leur travail sans s'être changés.

— Voilà ce que je voulais vous dire : il y a parmi vous des artisans. Ils devront quitter leur métier temporairement, car plus tard, dans quelques années, si tout marche bien, comme maintenant, un village russe sera organisé ; le travail le plus important en ce moment consiste à rassembler les candidats – les gens sont trop dispersés. Après, les artisans russes retrouveront du travail. Pour l'instant, tous doivent travailler la terre.

Le cordonnier, de son nom Piotr Ivanovitch, se tenait tout près d'Ilya.

— On y va pour ça, s'écria-t-il, bon Dieu ! On ne va pas regretter nos métiers – la plupart d'entre nous se sont improvisés artisans par nécessité, dans le malheur.

— Je voulais vous dire encore : un dur travail vous attend. Et peut-être le saviez-vous : vous allez passer du prolétariat à la condition paysanne – artificiellement. Ce qui est d'usage aujourd'hui, c'est que les gens quittent la campagne pour aller travailler en ville, et cela veut dire qu'à la base de votre déplacement il y a une certaine contradiction, comme qui dirait organique. Comprenez-vous ?

L'assistance se tenait immobile devant lui.

— Quand on travaille, nous a-t-on appris, la vie n'est pas effrayante, déclara quelqu'un.

— Je vous avais écrit que le travail serait épuisant, poursuivit Ilya, vous ne deviendrez pas tout de suite des propriétaires terriens. Votre travail sera en quelque sorte une mutation : vous vivrez comme vivent les paysans de cette région. Vous élèverez de la volaille, des lapins, vous cultiverez des asperges pour la fabrique de conserves locale. Vous n'aurez aucune autre alternative tant que vous n'aurez pas mis de l'argent de côté. On peut faire des économies en deux ou trois ans. Votre situation s'améliorera alors. Il vous sera plus facile de prendre des terres en fermage. Seulement, il n'y aura pas de plaisirs ni de distractions, rien.

Marina Petrovna, tout excitée, les yeux brillants et les mains tremblantes, l'interrompit :

— Et ici, qu'avons-nous comme plaisirs ? Dites-le-moi. Le cinéma et puis au lit, un empoisonnement que le cinéma... Quant au lit, à quoi bon, lorsqu'on ne sait où fourrer les enfants ? Et pour une femme russe, un lit sans enfants n'est pas une joie !

Ses joues étaient en feu, ses yeux étaient remplis de larmes ; l'assistance baissa la tête. Rastoropenko lui faisait des signes qu'elle ne vit pas, ou ne voulut pas voir.

— La vie pour les enfants n'est pas facile là-bas, reprit Ilya, il n'y a pas d'écoles, on n'y trouve pas une véritable instruction. Lorsque vous aurez déménagé, ma belle-mère a l'intention d'organiser une école ambulante, tandis que maintenant, il n'y a rien. Il ne reste plus qu'à garder les vaches.

Un homme barbu et au teint livide se fraya un passage depuis les derniers rangs. L'air devenait étouffant dans la pièce tant il y avait de monde autour d'Ilya et de Rastoropenko.

— Et ici, mon cher, quel est l'avenir pour nos enfants ? demanda le vieil homme, les lèvres tremblantes. Nous n'avons pas les moyens de leur donner de l'instruction, on ne gagne pas trois sous ici. Garder les vaches.

— Bien dit ! Ici, il ne reste qu'à crever dans la rue où sévit la tuberculose. Dieu nous garde !

— Vous savez tout cela très bien, Ilya Stepanovitch, c'est seulement par délicatesse d'âme que vous voulez nous prévenir de ce qui nous attend. Vous-même, il y a deux mois de cela, vous avez réussi rien qu'avec une seule lettre à sortir une gamine d'ici.

Ilya se troubla.

— Elle voyage maintenant, dit-il tout bas.

— Avec lui ?

— Avec lui.

— Et comment se porte-t-il ?

— Mal. Nous nous sommes vus il n'y a pas longtemps.

Peu à peu les gens commencèrent à s'écarter de la porte. Il y avait là le cuisinier de la Ville de Kiev, mais Ilya commençait à perdre pied, il ne savait plus quoi leur raconter, il n'était pas habitué à parler autant, et puis, il leur avait déjà tout écrit…

— Voilà, nous parlons d'affaires, mais la chose la plus importante quand on travaille la terre, ce sont les liens familiaux. S'il y a une femme à la maison – tout marche beaucoup mieux s'il y a une maîtresse de maison –, tout se discute mieux. Les cosaques installés dans les Pyrénées souffrent énormément de l'absence de maîtresses de maison : chez eux ce sont les invalides qui lavent la vaisselle et font la lessive à la place des femmes.

Quelqu'un sourit. Ilya avait hâte de terminer son discours, fût-ce par une plaisanterie. Mais à ce moment-là quelqu'un s'était précipité dans l'escalier avec fracas.

— Maman ! cria, derrière les personnes debout, une voix enfantine, une voix qui contenait une telle douleur et une telle frayeur que les gens massés à la porte s'écartèrent.

Ilya aperçut alors le petit garçon qui tenait le canif, celui-là même qui était tout à l'heure à la fenêtre. Il était si pâle qu'on aurait dit qu'il allait se mettre à vomir ou se trouver mal. Un instant, il se tint sur le pas de la porte, puis soudain, agité de tremblements, il poussa un hurlement et se précipita vers Marina Petrovna.

— Pashka est mort ! cria-t-il en se blottissant dans les bras de sa mère.

Tous se précipitèrent dans la cour.

Marina Petrovna aspergea le visage de son fils d'eau froide, l'enfant sanglotait convulsivement. On l'allongea sur la couche. La mère de Rastoropenko, tout en se signant, se mit à raccrocher les poupées.

Ilya se leva. Dans l'affolement qui s'ensuivit, personne ne le retint. Ce n'était pas le moment de faire des adieux – moins d'une semaine plus tard, il les reverrait tous dans les champs de la Provence lointaine. A vrai dire, il passa encore un quart d'heure à discuter dans l'escalier avec Rastoropenko. L'argent du voyage serait envoyé au nom de ce dernier. “Ah oui ! J'ai failli oublier de vous dire : transmettez à tout le monde que chacun sera assuré sur place…”

Dans la cour, les curieux s'étaient attroupés ; la petite porte menant à la cave était entrouverte. Qui sanglotait auprès du corps de Pashka ? Son père ? Sa mère ? Pour le moment, il n'y avait personne ; en attendant, d'autres femmes s'affairaient autour du corps. La mère était absente et le père ne devait pas rentrer avant la nuit.

Ilya fit ses adieux à quelques personnes ; le cordonnier Piotr Ivanovitch lui demanda une cigarette. Il saisit la flamme d'une allumette dans la paume de la main d'Ilya tandis que le vent soufflait. Ilya s'en retourna, longeant les rues les unes après les autres, croisant la foule des passants, et traversa ainsi toute la ville.

CHAPITRE SIXIÈME

ALEXEÏ IVANOVITCH rentra à l'hôtel le dimanche vers huit heures du soir. Personne ne lui demanda où il avait passé la nuit. Il n'avait pas l'air frais, il semblait avoir vieilli – il suffisait de jeter un regard sur lui pour voir que l'homme avait épuisé presque tout son argent. Ça, c'était certain.

Il rentra dans sa chambre où le lit n'avait pas été défait et où tout avait l'air inhabité. Il alluma sa pipe. On voyait qu'il avait beaucoup souffert ces dernières vingt-quatre heures et pourtant, il était calme, avec un certain air d'importance même, de sorte que, vu de l'extérieur – surtout parce qu'il ne s'était pas rasé –, on pouvait le prendre pour un homme d'environ quarante-cinq ans, peut-être un peu plus, assis, en train de réfléchir à des choses sérieuses, mais sans excès.

Une petite lampe brûlait au plafond, la pluie s'écoulait le long des vitres, la rue pleurait. A cette heure tardive de la soirée (dix heures), Ilya frappa à la porte d'Alexeï Ivanovitch. Tout était résolu dans l'esprit de Shaïbine.

Sa décision s'était préparée – on ne peut le cacher maintenant – au cœur de l'Afrique, alors que le nom d'Ilya Gorbatov était encore pour Alexeï Ivanovitch une énigme et alors que les lettres de Véra Kirilovna lui dévoilaient, pour la première fois, les difficultés de la solution adoptée par les Gorbatov. Elle le menait vers une vie austère et responsable. La décision avait également mûri pendant les deux dernières nuits – celle passée dans le wagon (dans une sorte de brouillard), puis celle passée dans une petite et calme maison de passe où, en pleine possession de ses moyens, il s'était rendu la veille au soir (directement de chez son ami politicien), où il consomma une grande quantité d'un vin bon marché et resta allongé quelques longues et abrutissantes heures auprès d'une jeune fille jolie et silencieuse.

Pour la première fois de sa vie, cette décision qui se rapportait à son avenir le touchait personnellement. N'était-ce pas le moment pour lui, qui s'était épanoui dans un "confort au service de l'Etat" et avait récemment trouvé dans sa "faillite" une seconde chance, de faire son impitoyable autocritique ? Cette seconde chance n'avait-elle pas été, au cours de ces trois dernières années, une suite d'humiliations innombrables ? Tous ses arguments n'avaient-ils pas été brisés par l'existence d'Ilya Gorbatov, par la compassion de Véra Kirilovna et par ses paroles douces et obstinées ?

Avec une certaine condescendance vis-à-vis de lui-même, il se souvint de sa visite, la veille, à son ami politicien. Ils n'avaient jamais été véritablement amis, seulement de très lointains parents, mais en raison d'une certaine affinité propre aux gens civilisés, ils avaient tenté de ne jamais en tenir compte. L'année où l'ami politicien avait dû se rendre à l'étranger entre deux gendarmes, Shaïbine venait de terminer ses études et en ce temps-là son avenir personnel lui apparaissait bien plus passionnant.

Le souvenir de la veille lui revint avec ses paroles flatteuses au sujet d'Ilya. L'ami politicien doutait toujours du bien-fondé du projet de Gorbatov, et Shaïbine avait tenté de le convaincre. C'était assez amusant d'entendre sa propre voix résonner avec tant de conviction et même, d'une certaine façon, avec tant d'aplomb. L'ami politicien ne l'avait pas interrompu. Puis il avait parlé, à son tour. Ayant compris que Shaïbine ne souhaitait pas disserter sur des sujets abstraits, il était passé immédiatement aux questions se rapportant à la polyculture, aux grandes exploitations céréalières près de Lyon, à la culture triennale gasconne et à l'élevage des brebis, qui, à son avis, laissait plutôt à désirer – vraiment dommage ! C'est alors que Shaïbine avait à nouveau élevé la voix à propos du "bon droit de Gorbatov"…

C'est vingt-quatre heures plus tard qu'il pouvait enfin évaluer le bouleversement qui avait suivi sa fuite délibérée de la chambre de Niousha et sa promenade au cimetière. Maintenant, on pouvait penser que cet homme, assis dans sa chambre d'hôtel et presque sûr de lui, allait d'un instant à l'autre saisir une feuille de papier et un crayon, ou plutôt un stylo, pour se mettre à noter, rayer… Il fumait la pipe.

Dans l'hôtel, où les chambres se louaient pour une heure ou deux, on entendait sans cesse marcher. Des voix résonnaient et des portes claquaient. Derrière la fenêtre, la pluie tombait sans interruption, une pluie fine, tiède, interminable, puis la nuit d'un automne précoce survint. Elle s'était annoncée par l'obscurité du ciel et le clignotement des lumières. Les rues s'enfoncèrent dans une brume humide et rougeoyante. La ville se tut lentement. La sonnerie stridente d'un cinéma retentit, les automobiles s'alignèrent à l'angle de la rue, attendant la fin de la séance. Il y eut une heure de silence. Soudain, les portes des restaurants se mirent à tournoyer ; les mendiants apparurent dans les coins, sollicitant les noctambules qui entraient et sortaient par les portes brillamment illuminées. Les filles s'assemblaient par trois ou quatre sous les auvents des cafés. C'étaient surtout des filles de la campagne, aux joues rouges, aux cheveux drus et aux hanches larges. Pour rien au monde, elles n'auraient voulu rentrer chez elles, traire les vaches et soigner la volaille. Elles lançaient des obscénités aux hommes qui, apeurés, s'écartaient d'elles.

Il était près de minuit, au-dessus du Zanzibar, une enseigne lumineuse clignotait toutes les soixante secondes – elle attirait les passants et provoquait des insomnies chez le vénérologue du premier étage. Henri se démenait entre les tables et le comptoir où trônait un présentoir métallique avec des œufs durs et un rôti de bœuf rouge-brun à peine entamé. Henri courait en tous sens avec un plateau et une serviette pas très propre à la main.

Un arc-en-ciel repoussa la nuit vers le firmament, là où, au-dessus des toits, une lune laiteuse et humide se déplaçait derrière les nuages rouges. On arrêta un ivrogne. Deux femmes étaient attablées et pleuraient – leurs noms ne nous disent rien, elles s'appelaient Bertha et Natasha. Elles pleuraient à cause d'une lettre. Henri leur demanda de lui donner le timbre qui figurait sur l'enveloppe – il ne possédait pas ce timbre, qui représentait un matelot du cuirassé *Aurore*. Mais allez donc expliquer à Henri ce que ce nom signifiait... Tant pis pour lui.

A Shpola, dans la minuscule et misérable Shpola, on persécutait, pour une histoire d'impôts, le père, la mère, la tante Cécile, Deborotchka et Grisha, l'espoir de la famille. Cela faisait un an que le commerce de semelles de caoutchouc et de boutons en laiton destiné à l'armée ne marchait plus. Le père avait été emprisonné et ses biens hypothéqués. Mon Dieu ! Quand est-ce que tout cela finira, Natasha ? Ou bien cela n'aura jamais de fin, Natasha ? Et l'argent qu'elle leur avait envoyé leur a été confisqué, Natasha... On a de la peine pour eux tous, papa, Deborotchka et Grisha, l'espoir de la famille... Sais-tu ce que c'est que Shpola ? Non, elle ne connaissait pas. Elle n'avait jamais rien vu d'autre que Constantinople, elle avait à peine douze ans. Elle se souvenait à peine de la Russie. Elle connaissait aussi Biarritz où on l'avait amenée et abandonnée.

— Ne pleure pas, Berthochka, dit-elle, le visage lui aussi noyé de larmes qu'elle cache dans ses mains. Regarde les deux messieurs là-bas qui se moquent de nous. Ne pleure pas, ne t'apitoie sur personne, ta vie est plus dure que celle des autres, et console-toi que nous soyons toutes les deux à avoir la vie la plus dure.

— Mais tu pleures toi aussi, chuchote Bertha. Je n'en peux plus. Où vont-ils aller maintenant, que vont-ils devenir ? Maman s'est ébouillanté la main, elle ne peut plus coudre ; tante Cécile est en train de perdre la vue, et il n'y a pas d'argent pour l'opérer. Est-ce possible que tout cela ne finisse que dans l'autre monde ?

Elle s'accoude sur la table et baisse encore plus bas sur ses yeux son chapeau noir orné d'une broche en strass, elle remonte le col de fourrure de son manteau de couleur sombre. Ses mains sont douces et blanches, son visage de type sémite est outrageusement maquillé.

Natasha sort son poudrier. Elles sont assises en silence, serrées l'une contre l'autre comme deux oiseaux, et fixent de leurs yeux rougis l'affiche de la bière alsacienne.

— C'est encore plus dur pour toi, dit Bertha, ayant repris des forces. Les miens sont loin, tandis que les tiens sont tout près.

— Allons tais-toi !

Natasha froisse les gants de Bertha, palpe son sac. Toutes ces affaires, achetées ensemble, qu'elle connaît par cœur, qui lui sont aussi chères que si elles étaient les siennes.

— J'ai été leur rendre visite aujourd'hui, dit Natasha. Je suis venue, je me suis assise sur le seuil de la porte, j'avais une envie folle de fumer, mais j'avais peur de le faire. Mon père était couché, il avait accroché un portrait d'Alexandre III découpé dans un journal ; il va rester à la maison jusqu'à ce qu'une autre attaque le saisisse, et alors ce sera l'hôpital. Pour le moment ce sont les voisins qui se plaignent. Ma mère m'a dit : Si tu n'avais pas laissé tomber cet Anglais, on vivrait maintenant dans une maison à nous, quelque part près de Nice, par exemple. Elle m'a reproché de mener une vie désœuvrée. Je suis partie.

Bertha ferme les yeux.

— Et après qu'est-ce qu'il y aura, Natasha ? demande-t-elle tout bas.

— Après quoi ?

— En général... Après, dans cinq ans ?

— Sans doute la même chose.

A nouveau, elles se serrent l'une contre l'autre. Un long moment s'écoule. A côté, un client a réglé son addition puis il est parti. D'autres lui succèdent.

— Tu sais quoi ? dit soudain Natasha. Si on commandait des œufs sur le plat ?

Bertha sourit de ses dents minuscules et fait un signe de la tête. Oui, c'est ce qu'il y a de mieux à faire. Même, ce serait encore mieux si on demandait de la bière.

Henri étale une nappe, jette avec fracas les fourchettes, le poivre, le pain ; la bière est froide comme de la glace, les œufs grésillent dans le plat. Les filles mangent comme on leur a appris, ici, à Paris : aucune miette ne doit se perdre et tout ce qui a été payé doit atterrir dans leur estomac, dans leur sang.

— On pourrait peut-être commander de la salade ? propose Bertha.

On leur sert de la salade et un nécessaire comportant de l'huile, du vinaigre et de la moutarde. Comme c'est agréable de préparer son propre assaisonnement ! Mais surtout, il faut faire attention qu'aucune petite feuille de salade ne tombe au dehors du saladier blanc et frais.

La porte s'ouvre. Secouant un petit parapluie, Meritchka entre, d'un air décidé et joyeux.

— Bonjour Henri, quel sale temps ! Bertha tu es déjà là, tu dînes ? Vous en faites des têtes toutes les deux !

Oh là là ! cette Meritchka, on ne peut rien lui cacher !

Elle déboutonne son manteau et montre sa robe neuve, couleur pistache, brodée d'argent, merveilleuse robe ! Superbe ! Elle l'a mise aujourd'hui pour chanter, et regardez les chaussures comme elles se marient parfaitement avec la robe ! Des chaussures achetées soixante-dix francs il y a deux ans.

Ah ! cette Meritchka, elle n'a personne à sa charge, elle a bien de la chance ! Elle se pavane autour de la petite table, de sorte que les gens commencent à la regarder : ce monsieur avec la dame, celui qui est assis tout seul, et ces deux hommes (ceux-là ne peuvent être qualifiés de messieurs) qui sont assis à côté et qui ne parlent plus depuis longtemps (car ils écoutent).

Enfin Meritchka s'assied.

— Recommençons à dîner, dit-elle, tapant sur la table avec sa bague en agate.

Pour commencer, elle ordonne d'enlever la vaisselle sale et paie la bière, les œufs au plat et la salade de Bertha et de Natasha. Puis elle prend son temps pour lire le menu tout graisseux et choisit le plat le plus incroyable.

— Ils ont même emporté le piano, dit Bertha toujours préoccupée par ses problèmes.

Il n'y avait qu'une des touches, le *ré*, qui était fendue, et lorsqu'elle jouait du Liszt (en tablier noir avec une natte qui lui tombait dans le dos), cela lui donnait des distractions. Le piano a été emporté et la natte a été coupée par le coiffeur.

Les hommes ne les quittaient pas des yeux. Des provinciaux ! Il vaut mieux ne pas regarder de leur côté. Il n'y avait que Natasha qui levait les yeux de temps en temps, cela lui faisait plaisir de regarder celui qui était le plus jeune. Son veston était décousu à l'épaule. Etait-il trop étroit pour lui ?

C'est alors que, la démarche légère, le visage triste et impassible, entre Niousha Sletova. Elle porte un manteau en taupe – la seule chose qu'elle possède au monde. Elle jette un regard circulaire dans le restaurant et voit tous ceux qu'elle doit voir.

— Henri, dit-elle avant de saluer qui que ce soit, rassemblez ces deux tables. Aliosha, faites connaissance avec Meritchka, Bertha et Natasha. Et vous aussi Ilya.

A la suite de Niousha étaient entrés encore trois hommes. Eux aussi venaient du Palais des Boyards, l'un d'eux portait une guitare. Une troisième table est accolée aux autres pour que tout le monde puisse s'asseoir. Shaïbine se décide enfin à dire bonjour.

Il ne lui serait jamais venu à l'idée de venir ici cette nuit, dans tout cet éclairage, si Ilya ne lui avait dit : "Niousha m'a fixé un rendez-vous." C'est cette phrase qui avait, dès le début, donné tout son but et son sens à cette soirée passée ensemble. D'abord, ils étaient restés assez longtemps chez Shaïbine, dans sa chambre d'hôtel. Ensuite, ils étaient sortis sous une pluie battante et avaient erré sur le boulevard jusqu'à être trempés comme des soupes. Vers une heure du matin, ils étaient arrivés au Zanzibar et, longtemps, ils avaient écouté pleurnicher deux jeunes filles et leur conversation en russe. Ilya, une veine gonflée sur le front, était assis, immobile, et distraitement il fixait Natasha – ce qui l'avait rendue confuse. Shaïbine buvait et devenait de plus en plus pâle. Les deux rides qui descendaient des ailes de son nez fin jusqu'à son menton ressemblaient de plus en plus à deux lacets. Ces conversations, ces plaintes étaient ici les mêmes qu'il y avait trois ans. Et comment auraient-elles pu changer ? Ici personne ne pouvait apporter de l'aide à son prochain.

Les hommes qui étaient arrivés à la suite de Niousha étaient tous les trois occupés par la guitare que l'un d'eux tenait plaquée sur son ventre. Cet homme avait été célèbre, en son temps, en Russie. Son nez lourd et ses immenses yeux de type oriental avaient illustré les couvertures des romances tziganes. Maintenant, il ne restait plus du visage du vieil homme aviné que deux épais sourcils à la racine du nez, ce qui lui conférait une expression tragique. Il avait le teint olivâtre, son immense mâchoire inférieure rappelait celle d'un cheval mort, sa voix s'était transformée en un murmure rauque avec les notes tantôt hautes, tantôt basses, qu'exigeait la mélodie tzigane aux points d'orgue lyriques.

Des deux hommes qui l'accompagnaient, l'un, sérieusement pris de boisson, portait un costume tcherkesse et des bottes souples crasseuses ; l'autre, visiblement un danseur mondain, arborait un smoking. Ils se penchaient tous les deux vers le chanteur, les yeux à demi fermés, et savouraient la nonchalance nocturne en reprenant les variations mineures des airs tziganes. Le chanteur, de ses doigts verdâtres et poilus, pinçait les cordes de sa guitare en prenant des poses pour goûter l'effet produit sur le public. Comme si dans ce siècle merveilleux, il ne lui était jamais arrivé d'exécuter de tels accords pour accompagner des paroles pathétiques

Au village, près de la grande route,
Un prince tomba amoureux d'une Tzigane,
Son cœur plein d'émoi
S'était fondu en un seul accord de guitare.

Il répétait cette strophe pour la dixième fois, et chaque fois, son visage reflétait l'émotion et les larmes emplissaient ses yeux troubles.

— Allons, vieille crapule, chante-la-nous encore, Karpousha ! s'écriait le Tcherkesse en reniflant. Et comme tout ça est bien dit ! “S'était fondu en un seul accord de guitare” ! A vrai dire, ce n'est pas très compréhensible, hein ? C'est la vérité, Liosha ? Tout le monde ne peut pas comprendre ça… Un grossier personnage ne le comprendrait pas : il a bien fallu des dizaines de générations dotées d'un goût aristocratique, faisant appel à tous les sens, pour que je puisse le comprendre, moi !

Ce discours couvrit définitivement la voix de Karpousha qui n'essaya pas de lutter avec le Tcherkesse.

— J'ai eu de la voix, je n'en ai plus, les copains… Elle m'a quitté d'un seul coup – et dans l'instant de silence qui survint, on entendit s'exhaler un profond soupir : celui d'un vieil homme.

Des dîneurs assis près de ces trois hommes, aucun ne leur prêtait attention. Les jeunes femmes ne détachaient pas leurs yeux d'Ilya. Il leur plaisait terriblement à toutes les trois. Niousha ouvrit son manteau de fourrure, un parfum entêtant se dégagea d'elle.

— Voici Ilya Gorbatov, dit-elle en désignant le jeune homme du doigt. Si son teint est si vif, c'est qu'il passe son temps à manger des carottes. De plus, il sait comment être heureux. Vous, Ilya, vous devriez vendre la recette "où trouver le bonheur", vous pourriez gagner beaucoup d'argent !

Meritchka éclata de rire – on ne pouvait dire si elle était sincère, ou si elle faisait semblant : elle le faisait tellement bien.

— Comme si nous ne le savions pas ! s'écria-t-elle en riant. Bertha, nous aussi nous pourrions vendre des recettes, n'est-ce pas ?

Bertha rougit.

— Et voilà Alexeï Ivanovitch Shaïbine, dit encore Niousha, il ne sait rien et ne veut rien savoir, il se moque des recettes.

Shaïbine était assis à côté d'Ilya. Il baissait obstinément les yeux pour que personne ne devine qu'il pensait à tout autre chose.

— Vous souvenez-vous ? demanda-t-il tout bas en se penchant vers Ilya comme s'il n'y avait personne autour d'eux. Vous souvenez-vous ? Je vous avais demandé dans le train : Que feriez-vous d'elle au cas où je serais d'accord ? Vous ne m'aviez pas répondu.

Ilya se tourna lentement vers lui, son visage s'était assombri.

— Ce n'est pas à vous de la tirer d'ici, dit-il en desserrant à peine les lèvres. Occupez-vous de vous-même : son avenir doit vous être indifférent, sinon, vous aussi, vous allez vous mettre à venir ici avec une guitare.

Shaïbine pâlit de plus belle, les jeunes femmes le regardaient avec pitié.

— Pourquoi êtes-vous revenu d'Afrique, on y est si mal ? demanda Bertha.

Shaïbine n'entendit pas la question.

Niousha prit la parole.

— Ilya, dites-leur d'où vous venez, et vous, Karpousha et Liosha, écoutez !

— J'arrive de la campagne, dit Ilya prudemment.

— De quelle campagne ?

— De la campagne française.

— Y a-t-il encore des campagnes ? demanda Natasha.

Un bref mouvement d'impatience se dessina sur le visage de Niousha. Elle désirait que cette conversation prît tournure. Elle regardait Ilya d'un air presque autoritaire et ne prêtait aucune attention à Alexeï Ivanovitch.

— Alors, vous y résidiez dans une propriété ? demanda Karpousha en se raclant aimablement la gorge.

— Non, j'y vis toute l'année.

— Pour des raisons de santé ?

— Non, j'y travaille.

Un silence s'installa ; Karpousha dit : "Et nous, ici", et il reprit sa guitare. Mais Niousha le força à patienter.

— Mais qui êtes-vous ? demanda Meritchka.

— Je... je suis fermier.

Ilya se troubla et rougit.

— C'est quoi ça ? s'enhardit une fois de plus Natasha.

Tous les yeux étaient maintenant rivés sur lui. Il ne savait plus où se fourrer.

"Non, décidément la conversation nc pourra pas prendre tournure, pensa Niousha, il n'y a pas moyen de faire parler Ilya. C'est désespérant. Il ne sait pas s'exprimer. Le voilà qui serre les mains entre ses jambes et qui fixe la table. Il a sans doute perdu l'habitude de parler et il est là, assis comme s'il ne pouvait plus réfléchir."

— J'ai une maison là-bas, des bœufs, la terre est louée, déclara-t-il comme s'il faisait un effort surhumain. J'ai un potager. Vous ne le saviez pas ? Il y a actuellement beaucoup de Russes qui vivent ainsi...

— On en a parlé dans les journaux, dit Liosha.

— C'est exact, justement, on en parle. Et si vous le vouliez, vous pourriez en faire autant.

Ils se turent tous.

— Et vous avez aussi un piano ? demanda Bertha, écarquillant les yeux.

Shaïbine releva soudain la tête. Il semblait qu'il n'avait rien entendu de tout ce qui s'était dit autour de lui. Il se pencha à nouveau vers l'oreille d'Ilya.

— Et à propos de ma claudication ? Avez-vous remarqué que je boite légèrement ? Est-ce que cela sera une gêne ?

Ilya tressaillit, mais pour rien au monde il n'aurait jeté un regard sur Shaïbine.

— Non, dit-il d'un ton bref, cela ne gênera pas.

Niousha commençait à perdre patience, il restait si peu de temps. Tout était devenu clair pour elle : c'était Shaïbine qui empêchait Ilya de parler et de réfléchir. Elle ne se retint plus.

— Bon, soyez cohérent, Ilya, dit-elle énervée, cherchant à rencontrer son regard. Nous sommes venus ici pour cela, prétendit-elle sans rougir. Votre vie et vos théories nous intéressent, puisque théories il y a. Comment se fait-il que vous ne puissiez rien nous dire ?

Le son de sa voix éveilla Shaïbine de sa torpeur.

— C'est une vieille habitude russe de discuter de la vie et de la Russie dans une boîte de nuit, de développer toutes sortes de théories, déclara-t-il brusquement.

Est-il possible que vous aussi, Ilya, vous ne soyez pas exempt de cette malédiction ? C'est aujourd'hui complètement déplacé, je vous assure !

— Alors puisque c'est ainsi, toute notre vie et la boîte de nuit ne sont plus de mise, s'écria le Tcherkesse, vexé.

— Le cabaret est toute notre vie !

Liosha s'empressa de le calmer, sans même regarder Shaïbine. Complètement hébété, Karpousha s'était tassé sur sa guitare.

— Excusez-moi et ne faites pas de bruit, je vous en prie, s'empressa de dire Shaïbine. Racontez, Ilya, en quoi consiste votre "vérité" puisqu'on peut l'exposer aux jeunes femmes de Montmartre et en discuter à la Société des Nations.

Etrangement, avant Shaïbine et ces paroles bien senties, personne n'avait prêté attention à ce qui se disait véritablement, sauf Bertha, qui avait soudain rougi et qui se mordillait la lèvre. Mais elle n'osa pas ouvrir la bouche.

"Est-il possible qu'il soit jaloux de moi ?" Cette idée traversa l'esprit d'Ilya et le troubla.

— Alexeï Ivanovitch, dit-il en déplaçant les objets qui se trouvaient sur la table, a dit cela car il est depuis longtemps au courant et je dois l'ennuyer avec mes histoires.

— Comment ? Vous en avez déjà parlé avec lui ? demanda Niousha inquiète. Vous lui avez peut-être proposé…

— Non, je ne lui ai rien proposé.

Ilya sentit que la main légère et chaude de Shaïbine s'était posée sur la sienne.

— Pas un mot à mon sujet, chuchota Alexeï Ivanovitch.

Ilya compara ce chuchotement à celui d'un complice, il eut peur que quelqu'un d'autre l'entende.

— Très bien, je vais vous raconter comment se passe notre vie là-bas, commença Ilya. Je vais vous le raconter, bien que je sache qu'après tout cela ne vous intéresse pas particulièrement, comme le dit Anna Martinovna…

Niousha lui jeta un regard de gratitude. Les jeunes femmes se rapprochèrent l'une de l'autre et Natasha posa sa main sur l'épaule de Bertha. Ilya demanda qu'on lui apporte encore de la bière.

— Attendez, permettez-moi de m'en aller, dit soudain Shaïbine. Je n'ai pas besoin de vous écouter, je vais rentrer me coucher. A vrai dire, je n'ai presque pas dormi ces deux dernières nuits, et j'ai même été obligé d'acheter un somnifère à la pharmacie.

Alexeï Ivanovitch s'extirpa soigneusement de sa place, ses traits étaient calmes, tels qu'Ilya ne les avait encore jamais vus. Il salua tout le monde et fit un salut particulier à Niousha. Un silence général l'accompagna jusqu'à la porte.

Une idée limpide traversa l'esprit d'Ilya, une lucidité parfaitement insolite l'envahit. "Se peut-il que moi aussi je puisse comprendre lorsqu'il le faut ?" s'étonna-t-il lui-même. Il sortit alors rapidement de sa poche un bout de crayon, déchira un coin du journal du soir posé sur la table et écrivit rapidement quelques mots qu'il tendit à Alexeï Ivanovitch. Ce dernier se saisit du bout de papier et le fourra dans la poche de son veston. En sortant du Zanzibar, il s'arrêta.

Dans la rue, la pluie avait cessé et les voitures glissaient en chuintant sur la chaussée mouillée. L'adresse de Rastoropenko était inscrite sur le bout de papier journal. Shaïbine la relut par deux fois. Son avenir était en train de se décider.

Pendant ce temps, Ilya commençait son récit. C'est à peine s'il regardait Niousha. Toute son attention se reportait tantôt sur Meritchka, tantôt sur Bertha. Il s'adressait même à Natasha, dont le regard ébloui le fixait. Engourdis, Karpousha et le Tcherkesse buvaient du vin, les coudes sur la table. Liosha trempait un sucre dans son verre de cognac. Henri, du fait de l'heure tardive et de l'absence de clients, debout derrière la chaise de Meritchka, se tordait les doigts en fixant les lèvres d'Ilya. Il lui semblait qu'il était sur le point de comprendre certains mots – ceux-ci lui échappaient, mais il essayait de les rattraper.

Ilya parla avec plaisir de Gabriel et de Marianne, de la foire qui avait eu lieu l'été dernier et de la manière dont, tous les trois, ils avaient chevauché des vaches. Il expliqua comment toute l'affaire avait débuté. Il décrivit Saint-Didier où les gens se promènent dignement le dimanche, M. Jolifleur, et il raconta aussi comment M. Jolifleur, ayant vu Marianne assise sur une vache derrière son fils, était venu tard, le même soir, à la ferme des Gorbatov, regarder à travers les fenêtres pour savoir qui étaient ces Russes ; et comment il avait aperçu Marianne assise sous la lampe, un tablier autour de la taille, un collier à son cou, et un dé à son doigt. Elle lui avait tout de suite plu.

Il parla aussi de son ancien patron, un riche propriétaire terrien ; des actions de l'usine de conserves – peut-être que quelqu'un a déjà vu ces étroites boîtes vertes ? Elles se vendent dans tous les magasins. Ces fameuses asperges… Il décrivit la future étable, le blé et enfin, il parla de Véra Kirilovna qui, la première année de leur installation, avait perdu l'ail et les poireaux à cause de cette maudite rouille. Et comme elle avait pleuré alors… Comment elle s'était fait faire, en ville, une nouvelle robe l'année dernière et que Marianne comptait avoir aussi une robe pour le printemps prochain. Il mentionna également le valet de ferme russe, qui avait passé l'été chez eux et qui était parti en Gascogne s'installer comme métayer, et qu'il projetait lui-même d'engager quelqu'un au printemps pour le former et puis l'envoyer dans la région de Toulouse. C'était tout ce qu'il savait et ce fut tout ce qu'il raconta.

— Et votre frère Vassia ? demanda Niousha, impatiente.

Ilya n'avait rien à dire au sujet de Vassia ; tous se taisaient et il se tut, lui aussi.

— La vie est dure, dit Meritchka louchant soudain, tout semble si facile, mais dès qu'on y réfléchit, il n'est plus question de facilité. C'est dur. Peut-être que vous pourriez nous en dire un peu plus ?

Le Tcherkesse tapa du poing sur la table, ses ongles repliés comme ceux d'un aigle.

— Allons-y, Liosha, hein ? Tu veux bien ? Partons biner les pommes de terre ! Karpoushka, ne te laisse pas aller, frère, sors de ton trou ! Allons taquiner les seins de la mère nourricière !

— Silence, vous faites trop de bruit ! s'écria Bertha en se tournant vers les deux hommes. Incapables que vous êtes, espèces d'ivrognes ! Notre Grisha serait certainement parti, lui, et il nous aurait tous emmenés avec lui ! A quoi bon !

— Il est difficile de nous emmener, lui murmura tristement Niousha, nous avons besoin encore de beaucoup d'autres choses dans la vie, pauvres de nous, n'est-ce pas Meritchka ?

— C'est vrai, Niousha, dit-elle en hochant la tête, tandis que deux larmes perlaient à ses yeux. Non, non, nous n'avons besoin de rien, nous sommes heureuses comme cela !

Toutes les quatre se comprirent en un clin d'œil.

— Nous sommes heureuses comme cela, répéta Bertha en lançant un regard furtif à Ilya.

Ce dernier sentait qu'il n'avait plus la force de participer à ces réjouissances, mais Karpousha demanda la permission de chanter puis, tout en levant ses sourcils, pareils à des chenilles, pinça sa guitare :

Au village, près de la grande route
Un prince tomba amoureux d'une Tzigane,
Son cœur plein d'émoi
S'était fondu en un seul accord de guitare.

Sa voix de rogomme s'accompagnait de notes poignantes, il éclata en sanglots.

— Je ne peux plus ni chanter, ni respirer, mes frères ! réussit-il à articuler entre deux hoquets.

— Partons immédiatement, dit Natasha en se levant, sinon il va tous nous faire pleurer comme hier.

Les jeunes femmes se levèrent. Il y avait maintenant une certaine ressemblance entre elles. D'un coup d'œil on pouvait se rendre compte qu'elles étaient depuis longtemps habituées à vivre et à souffrir ensemble.

Ilya se leva aussi. Niousha lui dit :

— J'aimerais vous parler, Ilya. Allons faire un petit tour dehors pendant un quart d'heure, d'accord ?

Les jeunes femmes tendirent la main en silence à Ilya. Les trois hommes ne bougèrent pas – il restait moins d'une heure avant la fermeture du Zanzibar. Chaque nuit, ils étaient les derniers à partir.

La pluie avait cessé depuis longtemps, les trottoirs avaient eu le temps de sécher. Les nuages s'étaient dissipés et laissaient voir un ciel annonciateur de l'aube, un ciel léger et lointain. Au café du coin où la porte était grande ouverte et d'où s'échappait la fumée d'un tabac bon marché, trois Noirs en bras de chemise, mais avec des montres de gousset, jouaient au billard. Ilya compara l'éclat de leurs dents et le blanc de leurs yeux aux boules du billard. Niousha le prit par le bras et l'entraîna.

Il ne reconnaissait pas les rues ; poussés par le vent, les papiers gras et la poussière tourbillonnaient en tous sens. La lumière verdâtre des réverbères faisait pâlir les passants insomniaques, les réclames lumineuses tremblotaient – de minute en minute, le ciel devenait plus transparent, noyant dans sa lumière les étoiles lointaines. Derrière la vitre d'un grand restaurant, planté dans un décor qui ne menait nulle part, près d'une fontaine vide, un violoniste en sueur terminait son morceau, tandis qu'une femme, outrageusement fagotée, un abondant collier de perles dissimulant son vilain cou, sortait d'une étroite porte en bois doré et prenait place dans une voiture dont le moteur tournait déjà.

CHAPITRE SEPTIÈME

POUR NOMBRE d'entre nos héros, la journée fut loin d'être calme. Ainsi, ce même jour à Moscou, parvint un télégramme annonçant l'arrivée du fils Gorbatov à Paris et indiquant que le lendemain il devrait être à même de poursuivre sa route.

Quant à Rastoropenko et tout son groupe (une trentaine d'hommes et cinq femmes), ils avaient commencé à rassembler, comme on dit, leur barda, et à livrer les commandes en cours au plus vite – pour ceux qui avaient eu du travail – afin d'être prêts à partir vendredi après avoir reçu l'argent et les billets gratuits pour le voyage. Ce lundi, le lieu où le groupe devait se rendre eut également son importance : ce jour-là, à la ferme d'Ilya Gorbatov, Marianne renonça à se faire faire une robe bleu ciel pour Noël, mais commanda directement une robe blanche de mariée, qui plus tard pourrait être teinte dans une autre couleur, Véra Kirilovna était, sur ce point, entièrement d'accord avec elle. De plus, l'attention de Véra Kirilovna était toute centrée sur l'aveugle qui, juste au moment du dîner, avait été amené de L... sur une charrette. Copieusement secoué, il avait perdu connaissance. Dans son délire, il avait, par deux fois, mentionné Vassia et avait demandé pourquoi il ne l'avait pas encore rencontré. Aniouta, au chevet du vieillard, pleura jusqu'au soir.

Niousha, ce jour-là, avait demandé à Meritchka de lui tenir compagnie. Elle ne cessait de penser à Vassia et à son voyage. En même temps, elle craignait de rester seule, tout autant qu'elle redoutait de le rencontrer. C'est pourquoi elle ne voulait pas laisser partir Meritchka. Inquiète, il lui semblait qu'elle se devait de guetter chacun de ses pas et à d'autres moments, elle se disait qu'elle ne devait pas se préoccuper de ce garçon grossier et maladroit. En tout cas, il n'était pas question de le rencontrer en présence de Meritchka. Niousha était morte de honte rien qu'à l'idée de la veste de Vassia aux manches trop courtes et de sa cravate bleu ciel. Lorsqu'elle se souvenait de cette insupportable couleur, elle ressentait aussitôt un sentiment de haine vis-à-vis du jeune garçon. Et pourtant, il était l'unique être humain qui lui restait en ce monde, et même, dans le monde entier où elle vivait et souffrait. La veille, lorsqu'elle était rentrée avec Bertha et Natasha, il lui avait semblé qu'entrer dans sa chambre, alors qu'il dormait, et rester avec lui jusqu'au matin, voulait dire qu'elle s'apprêtait à le retenir à Paris. Mais ce procédé n'était pas des plus sûrs, elle s'en rendait compte – c'était un procédé des plus dégradants –, elle n'aurait jamais eu le courage de l'avouer à Ilya. "Cherchez le dernier de tous les derniers", lui avait-il dit. Ne pas aller chez Vassia ni le garder de force.

A l'heure même où le télégramme parvint à Moscou, Vassia se tenait sous les fenêtres de l'appartement de Kellerman. Il était tête nue et ne portait pas de pardessus. Le fait que Niousha connaisse son histoire dans tous les détails et que son destin puisse la préoccuper – le destin de cet "adolescent" (le terme lui plaisait assez) qui se rendait en Russie chez son père avec l'aide d'un ancien condisciple de ce dernier – l'avait intrigué dès le départ. Cette curiosité l'avait encouragé à rendre visite à Kellerman. Mais au lieu de cela, il resta planté pendant plus d'une heure en face de l'immeuble, et lorsque, finalement, il entra dans le hall, la concierge l'avertit immédiatement qu'il n'y avait personne à la maison et qu'il était inutile de monter. A vrai dire, pourquoi était-il venu et pourquoi était-il resté planté devant cet immeuble ? Sa curiosité se transformait imperceptiblement en inquiétude. Une seule question résumait toutes les conversations qu'il avait eues avec Ilya ; une question qu'il s'était déjà posée depuis longtemps, mais qu'il avait inconsciemment écartée, ne sachant pas quelle réponse lui donner. La venue de Niousha le força à y réfléchir de nouveau. La question était la suivante : était-il possible qu'en dehors de Stepan Vassilievitch Gorbatov, Vassia Gorbatov fût encore nécessaire à quelqu'un ? Son départ était-il primordial, non seulement pour lui-même et pour son père, mais aussi pour d'autres personnes qu'il ne connaissait pas et ne voulait pas connaître ?

Il s'était couché très tard ce soir-là. Il avait entendu Shaïbine rentrer (il savait déjà qu'ils étaient voisins), faire sa toilette et se retourner longuement dans son lit. Enfin, Vassia s'était endormi, exténué par une journée passée en ville et sans aucune avancée particulière. Il fut réveillé par la femme de chambre. Il était une heure de l'après-midi. “La demoiselle qui habite à l'étage au-dessus demande si monsieur voudrait monter chez elle pour un instant.” Vassia réfléchit et dit qu'il ne le désirait pas. Il craignait surtout que Niousha ne vienne, encore une fois, s'offrir à lui, cela lui serait infiniment insupportable. Tout, absolument tout, à partir du rêve qu'il avait fait d'elle, était un secret qu'il devait cacher à n'importe quel prix. Et voilà qu'elle-même l'invitait, qu'elle s'offrait à lui. Il ferma les yeux, le froid le saisit. Il était paralysé de honte.

Il resta au lit jusqu'à deux heures et seulement alors il se rendit en ville. Il entra dans plusieurs magasins. Par deux fois, il mangea un sandwich, debout devant un comptoir en zinc. Il rentra chez lui, fatigué et sale, il n'avait pas fait sa toilette depuis la veille au soir. C'est alors qu'Adolphe entra chez lui sans frapper, tel un aîné, tel un patron.

Adolphe affichait l'aisance que donnent l'argent facilement gagné, des vêtements coûteux et une complète liberté. Il demanda à Vassia de ne pas parler à voix haute lorsqu'il serait à la gare car il y aurait beaucoup de détectives et il ne fallait pas qu'ils leur prêtent inutilement attention. Vassia s'assit sur son lit. Il voulait voir dans les yeux d'Adolphe si ce dernier savait qu'il était venu le voir hier. Mais les yeux d'Adolphe l'évitaient.

— Dites, ne serait-il pas mieux d'écrire à mon père pour qu'il vienne me rencontrer ? demanda Vassia.

— Ecrire ? A quel père ?

— Stepan Vassilievitch. Ou bien télégraphier.

— Ah oui ! Cela sera fait, si tu le désires.

Vassia sortit – enfin, ce fut plutôt Adolphe qui le fit sortir. Ainsi, il partait sans avoir dit adieu à Niousha. Peut-être se doutait-elle de la raison de son départ, chez qui il partait et à qui il était nécessaire ? Elle savait tellement de choses... beaucoup trop certainement. Mais la timidité et la maladresse l'empêchèrent de la revoir.

Des personnages étranges entouraient le départ de Vassia. Une partie du train allait à Varsovie, l'autre jusqu'à la frontière, à Négoréloie, comme l'annonçait la pancarte accrochée sur le wagon.

Dans les deux voitures de première classe où voyageait Vassia, la plupart des voyageurs étaient des Polonais portant des bagages de grande qualité, accompagnés de jeunes femmes nonchalantes et silencieuses qui, avant même le départ du train, mangeaient des friandises. En troisième classe, comme d'habitude, la foule des voyageurs était bien plus bigarrée : parmi eux, deux jeunes diacres orthodoxes aux longs cheveux nattés, qui faisaient tinter par la fenêtre leur bouilloire en émail, étaient, apparemment, venus en visite à Paris et s'en retournaient maintenant dans leur paroisse de quelque lointaine province polonaise ; de nombreuses jeunes femmes, la tête couverte d'un fichu, certaines avec des nouveau-nés au sein, se trouvaient là aussi.

Les bagages de Vassia se résumaient à un panier crissant de taille moyenne, qui jurait incroyablement avec les bagages de luxe des Polonais. De plus, il allait certainement très vite geler, aussitôt après Berlin, peut-être même avant, car en dehors du panier qu'il avait acheté pour son voyage, Vassia avait dépensé ce qui lui restait d'argent à s'acheter du linge et des chaussettes sans prévoir quoi que ce soit d'autre. Il lui restait cent cinquante francs et il ignorait si cette somme serait suffisante pour payer son trajet de la frontière jusqu'à Moscou. Cet argent était caché dans un vieux porte-monnaie en toile.

Adolphe ne cessait de consulter la pendule – pour cela, il lui fallait s'écarter quelque peu du wagon –, la pendule se trouvait devant la porte de la salle d'attente des premières classes : la pesante aiguille s'immobilisait une minute entière, puis d'une brusque secousse, elle passait au trait suivant du gigantesque cadran, tremblant encore quelques fractions de seconde de l'effort déployé.

Il y avait pas mal de monde qui accompagnait les voyageurs. Certains, l'air préoccupés, faisaient consciencieusement la navette le long du train jusqu'au wagon-restaurant où les tables étaient ornées de bouquets de fleurs diaphanes dans des vases bien calés, où les assiettes monogrammées brillaient, et où le serveur italien plaçait entre le verre et la salière le bristol luisant du menu franco-polonais.

Parmi tous les types qui faisaient la navette, il y en avait un qui s'arrêta un peu trop près d'Adolphe. Le col de son manteau n'était pas relevé, et son chapeau mou n'était pas particulièrement baissé sur les yeux. C'était un homme quelconque. Dans sa main droite, il tenait un petit paquet, et s'il n'avait porté des souliers au cuir crissant, Vassia ne lui aurait prêté aucune attention.

Niousha courait le long du quai comme si elle craignait d'être en retard. Il restait pourtant vingt minutes avant le départ du train – Adolphe venait tout juste de jeter un regard sur la pendule. Le manteau de Niousha était déboutonné, dessous on voyait sa robe courte qui s'enroulait autour de ses genoux. L'eau s'écoulait de son parapluie. Elle courait en dévisageant tous ceux qui se trouvaient auprès de chaque wagon et derrière les vitres du train. Ses yeux allaient en tous sens dans son visage pâle qui avait soudain perdu tout son charme.

Le premier qu'elle aperçut fut Adolphe. Il agitait sa canne en bambou et ses lunettes noires lançaient des éclairs. Elle le vit, et la pensée qu'il pourrait être le témoin de son éventuelle victoire lui donna le vertige. Elle courut vers Vassia – il ne la reconnut pas dans ses vêtements de ville.

— Pourquoi suis-je ici ? dit-elle haletante, se posant la question à elle-même comme à Vassia. Peut-être êtes-vous en train de vous moquer intérieurement de moi, Vassili Stepanovitch ? Hier soir, vous n'êtes pas venu chez moi. Il m'avait semblé trop grossier et trop effronté de me rendre dans votre chambre… Par contre, aujourd'hui, vous avez franchement refusé quand j'ai envoyé vous chercher – toute la journée je me suis posé des questions. Mais pourtant, me voilà. Ici, je n'ai pas honte de vous parler, et en particulier devant lui – elle désigna Adolphe du regard. Je ne suis pas venue vous dire au revoir – trop d'honneur ! Je suis venue vous emmener… Laissez-moi tranquille, vous me gênez !

Elle hurla presque ces derniers mots à l'adresse d'Adolphe, qui avait eu le temps de la saisir par le bras, juste au-dessus du coude.

— Fichez le camp ! dit-il en rougissant. Vous êtes complètement folle.

Niousha haussa les épaules et s'arracha violemment des mains d'Adolphe. Une trace subsista sur son manteau de taupe, une minuscule partie de la fine fourrure tomba sur l'asphalte du quai.

— Ah ! mon Dieu ! ce type est capable de se battre ! Savez-vous pourquoi je suis venue vous chercher ? J'ai douté jusqu'à la dernière minute… Etiez-vous Vassili Stepanovitch, celui-là même qui… Non, je ne peux pas vous l'expliquer maintenant, je vous le dirai plus tard.

Soudain, quelque chose m'a saisie : vous ! J'ai tout oublié, j'ai oublié que vous aviez dix-neuf ans et que vous possédiez cette horrible cravate bleu ciel dont Meritchka va se moquer… Ecoutez-moi !

Vassia la regardait ébahi. Sa bouche entrouverte était sèche.

— C'est pour cela qu'Ilya est parti, pour vous dire : On ne part pas "à la légère" – et en général, peu de choses se font "à la légère" dans la vie. Ilya s'est précipité, car il pensait, tout comme moi d'ailleurs, que le télégramme n'arriverait que le lundi soir. C'est lui qui me l'avait dit, c'est lui le salaud, il m'a menti et je l'ai cru, une fois encore. Etendant son bras, elle désignait Adolphe, qui rougit de plus belle. On pouvait voir avec quelle force il s'agrippait (il portait des gants en daim) à sa canne légère. Ilya s'est précipité à votre recherche, et vous, vous êtes ici, vous partez… où cela ? Chez qui ? Vous croyez que votre père vous attend. Mais à quoi pensez-vous à la fin ! Vous croyez qu'il a besoin de vous ?

Adolphe esquissa un geste de sa canne, mais prudemment, pour ne pas attirer l'attention des gens autour de lui. Il avait fait ce geste comme par inadvertance, comme par manie.

— Fichez le camp, répéta-t-il, sa lèvre inférieure tremblait, tout ce que vous direz ne sera que mensonge et ignominie !

Vassia demeurait cloué sur place. “Voilà, encore un instant – cette idée traversa son cerveau en un éclair –, et je vais tout savoir. Pour la première fois de ma vie, j’aurai l’occasion d’être résolu et honnête.”

— Mensonge ? Ignominie ? murmura Niousha et les larmes perlèrent à ses yeux, mais elle réussit à les retenir. Vassili Stepanovitch ! Ce salaud est à la solde de son propre père ; tout l’avenir de cet armateur dépendra de votre départ. Croyez-vous que l’argent que vous avez reçu provienne de votre père ? Attendez ! Il n’y a pas de Stepan Vassilievitch Gorbatov !

Vassia se précipita vers elle.

— Qu’est-ce que vous dites ? C’est impossible ! s’écria-t-il, la saisissant par la main.

“En voiture !” entendit-on plus loin, du côté du fourgon à bagages. “En voiture ! En voiture !” et l’appel se rapprocha. Les portes claquèrent.

Adolphe ne bougeait pas. Que se passait-il derrière les verres fumés de ses lunettes de soleil ? Personne ne pouvait le savoir.

— Allons, ça suffit, dit-il distinctement, monte dans le wagon, sinon ton panier partira tout seul.

Vassia se tourna vers lui, le visage décomposé. Il venait de faire un effort surhumain sur lui-même. Cet instant était devenu pour lui si clair, si aigu. Il se résumait en trois mots qu'il faillit hurler : Je suis vivant !

Ce qui venait de se passer dans son for intérieur était pour lui un mystère. Il ne cherchait même pas à formuler ce qui étreignait son cœur. Une difficile mais heureuse lucidité venait de l'envahir. Ses traits avaient retrouvé leur expression naturelle, bien qu'une certaine excitation subsistât encore. Il aperçut Niousha, il vit les larmes qui coulaient sur son visage et tombaient sur ses mains. Lui poser des questions lui sembla impossible.

La porte se referma derrière lui avec fracas. Un long coup de sifflet retentit, de ceux qui vous font venir des cercles rouges dans les yeux. L'air trembla, les roues se mirent en mouvement.

Le puissant orchestre d'acier pesant des milliers de tonnes s'accorda rapidement – les rouages se mirent en place. De chaque fenêtre, des mains agitèrent des mouchoirs ; du quai d'autres mains leur répondirent. Les wagons s'ébranlèrent peu à peu et trouvèrent leur rythme dans la mélodie.

Dans le grincement sauvage des aiguillages, le train dépassa le dépôt ; il siffla une fois encore et disparut dans un rugissement qui vibra longtemps. Une petite lumière rouge brilla pendant une minute entière au bout du quai, au-dessus des rails, dans le brouillard humide d'une soirée d'automne. Adolphe demeura aussi longtemps que tous les autres à attendre que la lumière rouge disparaisse parmi des dizaines d'autres feux rouges, verts, jaunes... Un train venant de Calais entra en gare en rugissant. Les porteurs criaient en poussant leurs chariots.

Lorsque la foule s'ébranla vers la sortie, Adolphe lui emboîta le pas. A aucun prix, il ne voulut rester en arrière. Il sentit, pourtant, qu'un regard s'appesantissait sur son dos. Il sentit ce regard lui transpercer la nuque, s'appuyer sur ses épaules et sur ses reins ; il s'efforça de ne pas courir. Avec une lenteur mesurée, il suivit un large couloir, descendit un escalier et se retrouva dans la rue. Il vit aussitôt comment les passagers du train de Calais avaient réussi à prendre place dans des taxis et comment Niousha et Vassia s'installèrent dans un autre, le chauffeur prenant le temps de remettre le compteur à zéro. C'est à ce moment-là qu'Adolphe cessa d'être filé : près de lui crissèrent des chaussures et un homme, un petit paquet à la main, hocha la tête tout en faisant un clin d'œil, puis il se précipita en sautant par-dessus les flaques d'eau vers la bouche du métro.

Le taxi quitta la gare et tourna dans une rue. Les vitres s'embuèrent immédiatement à cause de la pluie. A l'intérieur de la voiture, il faisait sombre, humide, et cela sentait l'essence. Le rayon de lumière d'un réverbère venait de temps à autre rompre cette obscurité et éclairait Niousha en même temps : son cou dénudé, ses mains et ses bas clairs.

Vassia, qui ne la regardait pas, sentit néanmoins ces brefs rayons de lumière venir l'illuminer. La tentation de la voir, de la regarder fixement devint invincible. Il y avait dans cette tentation une telle sincérité, une telle félicité que, pour commencer, il posa les yeux sur ses jambes, qu'elle tenait serrées l'une contre l'autre, puis sur les genoux recouverts de sa courte jupe, sur ses mains gantées de veau glacé. Il s'arrêta pendant quelques longues mais infiniment heureuses secondes quelque part près de son encolure, entre le foulard à carreaux et l'ombre du cou, et enfin il leva les yeux vers son visage.

— Embrassez-moi, dit-il soudain, se surprenant lui-même, pétrifié de peur et effleurant de son doigt la manche déchirée de son manteau de fourrure.

Elle se tourna vers lui, l'air surprise, et lui demanda d'un ton sévère :

— Vous savez travailler ? Que pouvez-vous faire ?

Il la fixait de ses yeux clairs et brillants.

— Je vous demande quel travail vous comptez faire. Dès demain, vous devrez trouver du travail.

— J'en trouverai. J'irai travailler à l'usine. Nous déménagerons de notre hôtel, dit-il en s'étouffant presque.

Leur taxi venait de s'arrêter à un carrefour, un gardien de la paix avait levé son bâton blanc.

— Embrassez-moi, dit-il à nouveau dans un état second, regardez-moi.

Il ne savait quelle attitude prendre ; il avança la main et effleura, comme s'il se brûlait, son gant en veau glacé.

— Vous allez trouver une autre chambre ce soir même, je vous indiquerai où la trouver.

— Une autre chambre…

Il approcha ses genoux des siens – et soudain, il sentit que plus aucun mot ne devait être prononcé. Par esprit de contradiction et en raison de son trouble extraordinaire, il ajouta tout de même :

— Enlevez votre gant.

— Enlevez-le vous-même, murmura-t-elle très bas.

Il était encore en train de la serrer dans ses bras lorsque le taxi s'arrêta devant l'hôtel.

L'escalier faisait un tournant abrupt vers la gauche jusqu'au premier étage. Niousha connaissait chaque pli du tapis poussiéreux, chaque tache. Un lumignon éclairait faiblement l'escalier d'une lueur rougeâtre de sorte que le petit panneau qui recommandait de s'essuyer les pieds demeurait dans l'ombre. Alexeï Ivanovitch descendait l'escalier, lentement, comme à tâtons. C'était l'heure du dîner. Il portait un chapeau et un imperméable. Sous les bords, un peu plus larges que la normale, de son chapeau, Shaïbine avait l'air distrait. Il descendait, tout droit sur Vassia, se tenant fermement à la rampe, car telle était son habitude. Ses traits étaient peu visibles à cause de l'ombre de son chapeau et aussi en raison du faible éclairage, mais tout son maintien, son corps encore mince et élancé – malgré une tendance à se tenir un peu voûté – dégageait une indifférence à tout ce qui l'entourait et une concentration tournée vers lui-même. A vrai dire, il venait de passer une heure à étudier le plan de Paris (Dieu sait où il avait trouvé cette vieille carte élimée sur ses plis !) et c'est ce qui lui donnait le droit d'arborer une telle expression sur son visage.

Il souleva légèrement son chapeau – et même cette politesse avait quelque chose de nouveau et de majestueux. Cette fois, il reconnut Vassia dès qu'il l'aperçut. Niousha était encore en bas.

— Vous aviez, je crois, l'intention de partir quelque part ? demanda Shaïbine avec une très grande retenue. Auriez-vous changé d'avis ?

Vassia le dépassa puis, soudain, il rougit.

— Non, vous vous trompez, dit-il troublé, je ne pars nulle part.

A cet instant, Shaïbine rencontra le regard de Niousha. Ce regard l'étonna. Il la vit autre, différente, étrangère, le visage gonflé par les larmes (elle n'avait jamais pleuré en sa présence). Ses lèvres étaient définitivement décolorées. Il lui sembla qu'elle voulait lui faire un signe : elle leva les sourcils et rapidement montra Vassia du doigt. Avait-elle voulu dire à Shaïbine : "Tais-toi ! Ne pose pas de questions !" ? En même temps, ses traits avaient incité Alexeï Ivanovitch à se ranger de son côté.

Il s'écarta. Elle passa.

Il baissa à nouveau son chapeau sur les yeux et saisit la rampe. "Elle l'a fait revenir…” – cette idée, pour la première fois et depuis longtemps, traversa son esprit de manière lumineuse. “Maintenant, il s’agit d’accomplir ce qui reste à faire.”

Tout à ses pensées, il sortit dans la rue.

Le taxi était encore devant l’entrée de l’hôtel. Sans se presser, Shaïbine ouvrit la portière (il lui restait encore un peu d’argent). Il aspira une bouffée du parfum de Niousha, ce fut pour lui comme une manière de lui dire adieu. Puis il sortit le bout de journal de la poche de son veston et faisant très attention pour ne pas heurter qui que ce soit sur le trottoir avec la portière, il lut clairement au chauffeur l’adresse de Rastoropenko.

La voiture démarra avec légèreté et comme la rue était trop étroite pour pouvoir tourner, il fallut dépasser une demi-douzaine de maisons en direction du cimetière. Alors seulement il fut possible de prendre la direction du grand boulevard.

CHAPITRE HUITIÈME

LE SAMEDI, à cinq heures de l'après-midi, le lendemain de l'enterrement de l'aveugle, à l'heure où Ilya était dans les champs, à l'heure où il ne pouvait pas se trouver à la maison, près du portail de la ferme des Gorbatov apparut Alexeï Ivanovitch Shaïbine.

Il n'avait plus l'air de quelqu'un qui arrive d'Afrique. Ainsi, il n'était pas venu à pied de la ville comme la dernière fois lorsqu'il était fatigué de fixer l'horizon pour apercevoir les platanes des Gorbatov. Il était arrivé cette fois-ci jusqu'à un carrefour dont il s'était souvenu, on ne sait pourquoi, et c'est seulement à partir de là qu'il avait marché.

Il ne marchait ni trop vite ni trop lentement. L'air était pur et transparent. Près du petit pont qui menait à la vieille ferme, il s'arrêta, indécis – il essayait de voir, au-delà des pommiers touffus, ne serait-ce qu'une partie de cette vie qui l'attendait lui aussi ; apercevoir un chapeau de paille, une pelle tenue par une main rugueuse, les mottes noires de la terre qu'on aurait remuée… Il dépassa les premiers platanes, dont le feuillage frissonnait, comme ensommeillé. Il vit la fumée au-dessus du toit, une fumée transparente, particulièrement pure, bleue comme le ciel, en volutes comme un nuage. Il approcha du portail.

Il resta immobile assez longtemps, il n'était pas pressé, il avait atteint son but. Enfin, quelqu'un traversa la cour ; une femme. Sans doute Marianne ou Véra Kirilovna.

La femme vit Alexeï Ivanovitch de loin et aussitôt laissa tomber une étincelante cuvette en zinc, qui roula à ses pieds. La femme ne la ramassa pas ; d'un pas rapide et presque silencieux – tellement il était léger –, elle s'avança jusqu'au portail. A chaque minute, Shaïbine voyait, de plus en plus distinctement, approcher le visage pâle, à peine bronzé, puis les yeux de Véra Kirilovna et les deux taches rouges qui marquaient ses joues.

— Entrez, pourquoi restez-vous ainsi ? dit-elle en agrippant une ferrure de la grille.

Il vit ses longs doigts réguliers aux ridules noires, son alliance en or et l'autre bague ancienne en argent qui, depuis des années, avait perdu toutes ses turquoises. Il vit une grande, non, une énorme épingle anglaise, qui retenait son tablier sur sa poitrine encore belle, encore haute. Il vit les boutons recouverts de tissu sans éclat sur le col de sa robe et la chaîne assez grossière de sa croix.

— Véra, soyez étonnée de me voir, soyez étonnée de mon retour, moquez-vous de moi, sinon ce sera beaucoup trop dur pour moi, bien plus honteux pour moi avec vous, articula Shaïbine, et soudain il plissa ses yeux devenus humides.

Elle fit un signe de tête.

— Vous êtes revenu et c'est bon, dit-elle tout bas. N'exigez pas trop de moi…

Il la suivit dans ce jardin où, une semaine plus tôt, il avait été saisi par un violent vertige. C'est donc ainsi qu'ils vivaient ! Devant la maison, deux coqs se battaient, faisant voler le sable dans toutes les directions ; des sandales d'enfant blanchissaient au soleil.

Shaïbine enleva son chapeau et s'assit sur une des marches du perron, une marche en pierre avec des traces de souillures d'oiseaux.

— Cette fois-ci, Véra, je suis venu pour "toujours", comme dit Marianne. Paris pour moi, c'est terminé. Ilya a disposé de ma vie.

Elle s'assit en face de lui sur un petit banc posé là sans raison. Il reprit :

— Etait-ce Ilya, ou était-ce vous-même ? Qu'est-ce que cela peut faire ? Maintenant, je suis avec vous – comme une pierre attachée à votre cou. Vous ne pourrez plus vous en débarrasser.

Elle sourit, et sur chacune de ses joues apparurent ces fossettes qu'elle avait toujours eues.

— Une pierre au cou ? répéta-t-elle. La place de Vassia est libre.

Le sourire de Véra Kirilovna lui avait rendu, à nouveau, les yeux humides.

— Vous ne m'avez pas compris, dit-il avec entrain. Oh ! mon Dieu, j'ai dit une grosse bêtise : je suis arrivé avec tout le groupe. Rastoropenko m'a déjà trouvé du travail !

Elle se redressa.

— Vous êtes venu avec tout le monde, Aliosha ? Vous n'êtes pas simplement venu pour être "au sein de la nature" et vous "laisser aller" ?

Elle ne put s'empêcher d'éclater d'un rire bref et presque silencieux. Ses bras qu'elle tenait croisés se dénouèrent souplement.

— Savez-vous quel travail il m'a proposé ? Vous ne me croirez jamais… Un travail de comptable !

Elle leva les sourcils et ses lèvres s'entrouvrirent – chacun de ces mots était pour elle comme une mélodie qui lui embrouillait l'esprit et l'emplissait de joie.

— Voulez-vous que je vous raconte comment tout cela s'est passé ? Cela ne s'est pas passé très facilement et j'ai cru qu'ils n'allaient pas m'emmener... Lorsque je suis venu voir Rastoropenko – c'est Ilya qui m'avait donné son adresse –, il m'a regardé comme on regarde un inconnu. D'où est-ce que je venais ? De quoi s'agissait-il ?

— Ilya ? Alors, il savait que vous viendriez ?

— Oh non ! Sinon, il vous l'aurait certainement fait savoir. Il m'avait laissé l'adresse "au cas où"... Le diable seul sait ce que cette expression signifie pour lui, puisqu'il agit toujours "sans espoir"... Donc, Rastoropenko m'a carrément mis à la porte. Pour avoir de l'aide, j'ai dû m'adresser à un brave homme, un ancien acteur de la révolution qui, en ce moment, a cela de bon qu'il est à la retraite. Je savais qu'il s'occupait activement de bienfaisance. Je savais aussi qu'il connaissait Ilya et il s'est avéré qu'il connaissait également Rastoropenko. A Paris tout le monde se connaît, c'est vraiment incroyable ! Cet homme aimable m'a conduit aussitôt chez Rastoropenko, il lui a dit qu'il se portait garant à mon sujet et m'a prêté une petite somme – à vrai dire, j'avais dépensé pas mal d'argent à Paris. Là aussi tout s'est finalement arrangé – je n'ai pas eu besoin de son argent ; la veille du départ, trois personnes ont refusé de partir : elles ont déclaré qu'elles avaient trouvé du travail chez Delage et qu'elles préféraient rester. Rastoropenko a dit que toute cette affaire n'était pas claire, mais je n'ai pas compris à quoi il faisait allusion. En un mot, j'ai pris la place d'un de ceux qui ne partaient plus. Mon voyage était payé, j'ai signé un contrat aujourd'hui et je suis assuré. Mais par respect pour mes cheveux blancs – il sourit, puis se tut quelques instants –, on a décidé de faire de moi quelque chose comme un supérieur. Ils ont tenu compte de l'université et de tout le reste… Et en plus, ils ont pris ma claudication en considération. Là-bas, en dehors de la ville, il y a un projet énorme : on pense doubler la fabrique de conserves d'asperges, mais on ne prend pas d'ouvriers russes – eux doivent s'occuper uniquement de la culture des asperges. C'est exactement ce qu'il leur faut – pour eux, c'est le début d'une vie stable, d'une vie "à eux"…

Véra Kirilovna était assise et elle écoutait. Quoi, c'est lui qui me raconte tout cela ? En voilà un toupet ! Elle sourit et redevint aussitôt attentive.

— Je vous raconte tout cela avec une sorte de légèreté, dit Shaïbine. C'est Ilya qui m'a appris à le faire. D'ailleurs vous-même, vous m'aviez conseillé de le faire ou bien alors de crever. Vous-même, vous m'aviez dit qu'autrement, ce serait le nœud coulant... Véra, vous aviez raison.

Véra Kirilovna buvait chacune de ses paroles. Malgré la voix régulière, le visage joyeux, il avait tellement changé le temps de leur courte séparation ! Il ne pouvait pas ne pas avoir changé, il ne pouvait pas ne pas avoir souffert dans la capitale : les traces de ces souffrances étaient partout visibles, y compris dans ses cheveux d'un argent trop brillant. Elle devinait en lui le soulagement qu'une décision apporte. Elle savait qu'après ce soulagement viendraient la fatigue, peut-être la désillusion, peut-être les regrets. Et puis après, même tout cela passerait. Elle voyait toute sa vie derrière lui, derrière la ligne de ses épaules qui lui étaient si chères, de sa tête un peu étroite. Le passé, en cette minute, n'existait plus du tout pour elle. Maintenant commençait quelque chose qui était à l'opposé du passé – maintenant commençait l'avenir où elle deviendrait la patronne.

— Je dois partir, je ne veux pas rentrer trop tard, dit Shaïbine.

— Vous ne voulez pas rester dîner avec nous ?

Il refusa. Il se voyait déjà sur le chemin du retour, il voyait les champs, les platanes…

Il se leva. La cour des Gorbatov avec ses poules, qui couraient dans tous les sens, le chien maladroit et ébouriffé, lui rappela qu'il n'était pas venu là pour se vanter, mais qu'il venait aussi donner les dernières nouvelles concernant Vassia.

— Il ne vous a pas écrit depuis son départ ? demanda Shaïbine, et Véra Kirilovna devina aussitôt de qui il parlait.

— Non, il n'a pas écrit.

— Sans doute n'écrira-t-il pas. Je l'ai vu. Il n'est pas parti à Moscou, il est resté à Paris. Il a été ramené de la gare.

— Il n'est pas parti ? répéta Véra Kirilovna. Vous vous trompez ! Qui pourrait l'avoir ramené ?

— Je vous le dis : il a été ramené. Le soir même, il a quitté l'hôtel où nous habitions tous. Je ne connais pas son adresse. C'est elle qui l'a ramené. On raconte que sa valise serait partie. Avait-il un bagage ou non, je n'en sais rien. Elle a déménagé avec lui.

— Mais qui est-elle ?

— Vous ne la connaissez pas… Elle l'a extrait directement du train, c'est ce que m'ont raconté ses copines, et maintenant, elle ne va plus le lâcher. Je les ai vus le soir même.

— Mais qui est-ce ?

Shaïbine ne regardait pas Véra Kirilovna. Il regardait de côté, vers la route où, à ce moment-là, une haute charrette passait à vive allure, le fouet tourbillonnant dans le ciel, les roues grinçant dans un énorme vacarme.

— Vous ne la connaissez pas, dit-il avec effort. Ilya la connaît. Son nom est Anna Martinovna Sletova.

Il évita encore une fois de la regarder et ne lui tendit pas la main. Elle se tenait debout, comme perdue, ne sachant que penser : devait-elle se réjouir de ce qu'il venait de lui annoncer ou non ? Joie ou chagrin, quelle était la signification de ses paroles ? “Joie ! Joie !” murmura-t-elle pour elle-même. Etait-ce aussi parce que les paroles qui venaient d'être dites émanaient de Shaïbine ?

Elle croisa les bras.

— Aliosha, dit-elle doucement, non, ce n'est rien… pardonnez-moi !… Etes-vous bien sûr que Vassia est à Paris ?

— J'en suis certain.

— Alors, merci à vous, c'est pour moi une grande consolation, pour Marianne aussi, et pour Ilya. Merci d'être venu et d'avoir parlé.

Il descendit vers le portail. Il marchait en pensant de toute son âme : "C'est ici que se termine une vie et que commence une autre. Ici se dresse une ligne verticale, qui sépare mon époque en deux. J'ai tout fait, j'ai tout dit. Ma conscience est tranquille !"

Il disparut derrière un groseillier qui s'épanchait dans toutes les directions ; tout devint silencieux dans le jardin. Là, les abricotiers chuchotaient avant leur heure. Les cyprès se dressaient, immobiles et majestueux. Derrière eux s'étalaient les champs, les prés, les bois, l'espace…

Véra Kirilovna, immobile, regardait droit devant elle.

Une cognée posée debout contre le perron étincelait au soleil tel un bout de miroir brisé. Enfin, elle ferma les yeux ; le morceau de métal, véritable fraction du soleil, se transforma alors en une tache noire.

Tantôt celle-ci s'agrandissait, entraînant derrière elle des étincelles qui glissaient vers le bas, et alors elle devenait semblable à une énorme méduse ; tantôt elle se rétrécissait jusqu'à devenir une pointe aiguë – puis les étincelles s'immobilisaient et flottaient sur place, tremblaient, changeant de couleur ; elles brillaient pendant que la tache noircissait, puis toutes ensemble elles pâlissaient. Le ciel rouge où tout cela s'était passé devint peu à peu gris ; dissoutes, les étoiles noires disparurent sur le côté, on ne sait où.

Lorsque Véra Kirilovna ouvrit les yeux, Aniouta venait de sortir du potager. Elle portait maintenant un chapeau de paille tout rond (Marianne lui avait donné son vieux chapeau). Aniouta s'approcha de la fontaine, y déposa l'arrosoir d'un air important et attendit qu'il se remplisse. Puis, de ses deux mains, elle ferma le robinet à fond et s'en fut, tirée sur le côté par le poids de l'arrosoir, l'autre bras étant presque à l'horizontale (c'est ainsi que faisait Marianne). Quelques larges gouttes d'eau étaient tombées sur son sabot poussiéreux.

1928-1929. Provence-Paris.

TABLE

"un endroit où aller"
Une collection créée en 1995 par Françoise et Hubert Nyssen

1. Alice Ferney
L'ÉLÉGANCE DES VEUVES
2. Tecia Werbowski
LE MUR ENTRE NOUS
3. Ossip Mandelstam
LE TIMBRE ÉGYPTIEN
4. André Sarcq
LA GUENILLE
5. Brassaï
HISTOIRE DE MARIE
6. Jack London
CONSTRUIRE UN FEU
7. Michel Butor
STRAVINSKY AU PIANO
8. Jean-Louis Cornille
LA HAINE DES LETTRES
9. Robin Chapman
LE JOURNAL DE LA DUCHESSE
10. Marisa Volpi
CAVALIER SANS DESTIN
11. Claire Fourier
MÉTRO CIEL
12. Charles Bertin
LA PETITE DAME EN SON JARDIN DE BRUGES
13. Fabienne Pasquet
L'OMBRE DE BAUDELAIRE
14. Anne Walter
LA LEÇON D'ÉCRITURE
15. Guichardin
LES *RICORDI*
16. Eric Rohmer
DE MOZART EN BEETHOVEN
17. Comte de Gobineau
MADEMOISELLE IRNOIS
18. Nancy Huston
INSTRUMENTS DES TÉNÈBRES
19. Pier Paolo Pasolini
POÈMES OUBLIÉS

20. Dina Rubina
LE DOUBLE NOM DE FAMILLE

21. Eva Figes
SPECTRES

22. Myriam Champigny Cohen
LE LIVRE DE MON PÈRE
suivi de
LES LETTRES DE MA MÈRE

23. Nina Berberova
NABOKOV ET SA LOLITA

24. Dina Rubina
LES POMMES DU JARDIN DE SCHLITZBUTER

25. Henrik Pontoppidan
LE VISITEUR ROYAL

26. Anna Maria Ortese
LÀ OÙ LE TEMPS EST UN AUTRE

27. Assia Djebar
ORAN, LANGUE MORTE

28. André-Louis Rouquier
LA NUIT DE L'OUBLI

29. Françoise de Gruson
BASSES BRANCHES

30. Robert Lafont
LE COQ ET L'OC

31. Jean Duvignaud
B.-K. (BAROQUE ET KITSCH)

32. Joe Brainard
I REMEMBER

33. Tecia Werbowski
L'OBLOMOVA

34. Alice Ferney
GRÂCE ET DÉNUEMENT

35. Assia Djebar
LES NUITS DE STRASBOURG

36. Sixma van Heemstra
AMOURAMORT

37. Michel Butor
POUR TOURNER LA PAGE

38. Jean-Pierre Miquel
PROPOS SUR LA TRAGÉDIE

39. Arnaldo Calveyra
L'HOMME DU LUXEMBOURG

40. Anne-Marie Garat
L'AMOUR DE LOIN

41. François-Bernard Michel
JUDITH

42. Rosie Delpuech
INSOMNIA

43. Luc de Heusch
MÉMOIRE, MON BEAU NAVIRE

44. Hubert Nyssen
LE BONHEUR DE L'IMPOSTURE

45. William Shakespeare
LE ROI LEAR

46. Marcel Moreau
LA VIE DE JÉJU

47. Philippe de la Genardière
LE TOMBEAU DE SAMSON

48. Lesley Blanch
ROMAIN, UN REGARD PARTICULIER

49. Montaigne
DES LIVRES

50. Nancy Huston
L'EMPREINTE DE L'ANGE

51. Anne Walter
LES RENDEZ-VOUS D'ORSAY

52. Pierre Gascar
LE TRANSSIBÉRIEN

53. Pierre Gascar
AÏSSÉ

54. André Dubus
VENDRE SA PROSE

55. Siri Hustvedt
YONDER

56. Nadine Ribault
UN CAILLOU A LA MER

57. Rose-Marie Pagnard
DANS LA FORÊT LA MORT S'AMUSE

58. Tecia Werbowski
HÔTEL POLSKI

59. Gwenaëlle Aubry
LE DIABLE DÉTACHEUR

60. Myriam Antaki
LES VERSETS DU PARDON

61. Agathe Rouart-Valéry
CRAYONS

62. Pierre Aubé
JÉRUSALEM 1099

63. Grace Elizabeth King
BAYOU L'OMBRE

64. Nancy Huston
PRODIGE

65. Muriel Cerf
SERVANTES DE L'ŒIL

66. Wang Wenxing
PROCESSUS FAMILIAL

67. Aki Shimazaki
TSUBAKI

68. Gidon Kremer
UNE ENFANCE BALTE

69. Luc Sante
L'EFFET DES FAITS

70. Nancy Huston
NORD PERDU

71. Dmitri I. Pisarev
NOTRE SCIENCE UNIVERSITAIRE

72. Charles Bertin
JADIS, SI JE ME SOUVIENS BIEN…

73. Lisa Bresner
LAO TSEU

74. Davitt Moroney
BACH

75. Anna Maria Ortese
CORPS CÉLESTE

76. Pier Paolo Pasolini
DANS LE CŒUR D'UN ENFANT

77. Hubert Nyssen
QUAND TU SERAS A PROUST
LA GUERRE SERA FINIE

78. Göran Tunström
UN PROSATEUR A NEW YORK

79. George Washington Cable
CARANCRO

80. Nadine Ribault
FESTINA LENTE

81. Anne-Marie Garat
LES MAL FAMÉES

82. Alice Ferney
LA CONVERSATION AMOUREUSE

83. Aki Shimazaki
HAMAGURI

84. Nancy Huston
LIMBES / *LIMBO*

85. Marly Youmans
LITTLE JORDAN

86. Anne Bragance
LE LIT

87. Marian Pankowski
POST-SCRIPTUM A L'AMOUR

88. Jean Joubert
UN PEU AVANT LA NUIT

89. Annie Leclerc
TOI, PÉNÉLOPE

90. Jean-Luc Outers
LA COMPAGNIE DES EAUX

91. Nancy Huston
DOLCE AGONIA

92. Jean Duvignaud
LE PRIX DES CHOSES SANS PRIX

93. Alberto Manguel
STEVENSON SOUS LES PALMIERS

94. Muriel Cerf
LA FEMME AU CHAT

95. Jean Debernard
SIMPLES SOLDATS

96. Nina Berberova
LES DERNIERS ET LES PREMIERS

OUVRAGE RÉALISÉ
PAR L'ATELIER GRAPHIQUE ACTES SUD
REPRODUIT ET ACHEVÉ D'IMPRIMER
EN JUILLET 2001
PAR L'IMPRIMERIE FLOCH
A MAYENNE
POUR LE COMPTE DES ÉDITIONS
ACTES SUD
LE MÉJAN
PLACE NINA-BERBEROVA
13200 ARLES

DÉPÔT LÉGAL
1re ÉDITION : SEPTEMBRE 2001
N° impr. : 51985
(Imprimé en France)